Kadokawa Fantastic Novels

CONTENTS

CROSS CONNECT

垂水夕凪
Yunagi Tarumi
在過去斯費爾主辦的「傳說中的地下遊戲」中，是全世界唯一通關的少年。
佐佐原雪菜
Yukina Sasahara
夕凪的青梅竹馬，很樂於照顧他人，是班上的紅人。

交叉連結 Cross connect

與電腦神姬春風的互換身體完全遊戲攻略

1

久追遥希

ILLUSTRATION

konomi

（きのこのみ）

Kadokawa Fantastic Novels

彩頁、內文插畫／konomi（きのこのみ）

序章／新手教程

CROSS CONNECT

『你們（玩家）是向某個蠻橫的強大帝國揭起反旗的愚昧之人。

戰力差距顯而易見，也絲毫沒有可乘之機——不過，為了表達對你們勇氣的敬意，就提供珍藏的消息給你們吧。

你們的取勝之道，便是「殺死公主」。

那是儘管愚蠢卻立於頂端的現任君王的「愛女」，瞄準這個他唯一的「弱點」——將之擊潰。

——在此備有三條能夠達成這個目的的路線。

其一。

找齊散落在城下的五把「受詛咒的密鑰」，獻給古代的祭壇。

這麼一來，開國君王所封印的「緋劍」就會覺醒，並毫不遲疑地貫穿公主。

其二。

慫恿已萌生些許反意的四名「王的心腹」，使其加入己方，組成「叛軍」。

這麼一來，公主便會遭到孤立。她與父親不同，心思過於纖細敏感，想必會就此走上絕路。

其三。

直接用你們的雙手——「將公主斬首示眾」。

以上。最快達成任一條件者，即為這場內亂（遊戲）的勝者。

反叛者（玩家）總計一百人——加上你正好一百人。你們想齊心協力也好，彼此對立也罷，互不干涉也是一種策略。總而言之，你們必須用盡一切手段「將公主殺死」。

拚上性命將其追殺到底吧。

……那麼，各位差不多都了解了吧？

如果你們對這個問題給予肯定的答覆，「我」便在此告退吧。畢竟已經充分說明完畢了，而且「ＧＭ」一直顯露於人前的話有失美感。

好了——那麼——

遊戲開始。』

第一章　遊戲開始

CROSS CONNECT

♭

『————』

『————救我。』

『————請救救我。』

♯

我好像聽到了什麼聲音。

雖然沒有聽清楚內容，也不確定是不是對我說的，更何況搞不好是幻聽那一類的也說不定，

但總之我就是有這樣的感覺。

「……是我的錯覺嗎？」

我環視屋內一圈，沒有什麼特別奇怪的東西出現在視野中，只有被電腦和筆記本占滿的書桌以及還算乾淨的床，還有擺滿形形色色書籍的書櫃，上面有漫畫、小說和參考書（然而書衣底下其實是成人漫畫）。

和平常沒什麼不同，看起來也不像是有座敷童子躲在這裡。

……呃，那理所當然就是了。

「那看來果然是幻聽啊。我該不會是累了吧？年紀輕輕就這樣真沒出息。」

唉——我嘆口氣並聳聳肩，將手伸向放在桌上的智慧型手機。實際上，若要說是累積太多疲勞，從昨晚熬夜到現在就是原因所在。我可能不該因為連放三天假期，就借了將近五十本漫畫。

「不怎麼好看……喔。」

我打開管理書櫃的ＡＰＰ，在未持有漫畫的欄上輸入書名與分數。

在寫完一兩顆星程度的嚴格評價後，我大大地伸了個懶腰，站起身打算收拾漫畫之際——我突然察覺到一件事。

「對了，這個應該還沒有記錄吧。」

我的視線移向堆積起來的書塔最頂端，那是我前天從蔦〇書店回來後立刻就讀完的異世界戀愛喜劇小說。嗯，說起來，這本書還真是選對了，至少該給四顆星才行。

我再次伸手去拿剛剛才放回充電座的智慧型手機，輕輕按下電源鍵，解開出現的三乘三的圖形鎖。

解開……嗯？

「糟糕，弄錯了。」

操作失誤。情緒多少有些振奮的我，食指來不及收勢，從正確的軌道上偏離出去了。結果完成的圖形是接近字母Z的形狀，跟我設定的圖形鎖完全不同。

只不過雖然這麼說，但這也是常有的事情，智慧型手機又不會因為解鎖失誤這點小事就心情不好。應該馬上就會回到要求再次輸入的畫面，所以我便靜靜地注視著手中的液晶螢幕。

——異狀就是從這時候開始發生的。

「咦？」

用動畫電影的背景加工製成的手機桌布倏然一陣歪斜，開始扭曲了起來。描繪在正中央的建築物遭到漩渦吞噬，外緣的藍天與自然景物也眼看著逐漸被侵蝕殆盡。

「這——噢、噢噢……！這是怎麼一回事？我沒辦法動耶！」

明明沒有受到束縛，手指卻被強烈的力量給壓制住，連一根手指頭都動不了。

不對，與其說是被壓制住……其實更像是被吸住了？要被吸進去了？如果真是如此的話，我究竟會被吸到哪裡去？在不容眨眼的視野中，我一邊緊盯著不斷變幻的畫面，一邊拚命地動腦筋。

然而——

該說是無情嗎——這份掙扎起不到任何作用。

在短短幾秒鐘之後，我的意識突然就中斷了。

『……——歡迎到來。』

因此，我不可能會注意到，在被一片黑暗盡數遮蓋的終端裝置中心，浮現出了一排模糊不清的白字。

『歡迎到來（Welcome to the underworld），新玩家。』

#

「……」

經過剎那間由明轉暗的過場後，我戰戰兢兢地睜開雙眼，發現不知為何這裡並不是自己的房間，而是附近的公園。

公園氣氛顯得格外冷清。明明是國定假日的早上，卻連一組親子都看不到。

真要說的話，看似無所事事地呆站在鞦韆旁的我還比較奇怪——我完全可以同意這個說法，但跟我講這些也無濟於事。

「拜託不要到頭來是我在夢遊啊。」

我開玩笑似的開口說道——突然間，一股強烈的突兀感襲上心頭。

怎麼回事？好奇怪。絕對、鐵定是有什麼東西出現了偏差。儘管如此，我並不曉得那個「東西」是什麼。內心焦慮眨眼間轉變為不舒服的感覺，我忍不住搖了搖頭。

就在這時候，長長的髮絲撫過手臂……長、長長的髮絲？

啊，可惡，盡是搞不懂的事情。現在到底是什麼情況啊？

我在心中咒罵，然後切換思緒。先來整理資訊好了。要想脫離這種莫名其妙的狀況，首要之務一定是正確地掌握住現狀。

我環視公園一圈……光是這麼做，我就發現了好幾個異狀。

首先，這裡再怎麼說都太人跡杳然了，視野內沒有半個人影。

其次，這個「視野」也實在很不對勁。

雖然說起來很奇怪，但總覺得比我記憶中的還要低。

「至於第三，就是這個。」

我刻意發出了聲音。

果然如我所料。儘管在此之前我並未握有證據，但已無庸置疑了。從我口中發出的聲音，變成了「可愛到不行的美少女聲調」。

這是怎麼一回事啊！我用女高音的音域這麼喃喃說道，並伸起右手靠近喉結。

「超級滑溜的……」

結論——我的脖子上沒有那種一摸就知道的凹凸感。而且還順道發現提心吊膽伸起的右手宛如白瓷器具般光滑，沒有一丁點的斑痕。而從剛才起隱約可見的頭髮長及腰部，是淡金色的直髮。

不管怎麼想，這都不可能出現在一個男高中生身上。

至於體型則很嬌小，比「原本的我」還要小個兩圈。我往下一看，符合年紀所隆起的胸部正強烈地主張自己的存在，再繼續往下，可以看到有輕飄飄荷葉邊的裙子將纖細的雙腿包覆起來。

「…………這是騙人的吧？」

我無法徹底相信這個近乎正確答案的推測，踩著不穩的步伐往公園外面走去。沒記錯的話，對面應該有曲面鏡才對。

喂，現實快回來啊。拜託澆我一盆冷水，告訴我這一切只是夢。

我帶著祈禱般的心情，儘管不是基督徒或其他教徒，但我已經一邊用單手劃著十字，一邊走到了鏡子前面——

「呃！」

——我張口結舌，說不出半句話來。

鏡子會如實照出自己的模樣……由於就映照在上面，所以應該是我不會錯。

然而，那個模樣實在跟現實落差太大了。在圓鏡裡驚愕地張大雙眼的，不管從哪個角度來看，都不是相處了十七年的那個垂水夕凪。

那是一個彷彿從童話故事裡跳出來、像公主般可愛討喜的陌生金髮美少女。

「該——該死的這是怎麼一回事啊！」

我實在無法理清如此龐大的資訊量，忍不住抽動起（非常可愛的）臉龐，並且（用銀鈴般清脆的嗓音）罵出粗野的髒話，然後用（覆蓋在長裙下的嬌弱）膝蓋抵住地面，發出（微弱的）呻吟聲。

——在那之後過了十分鐘左右。

對四肢趴地的姿勢感到疲累的我，儘管不情願，還是決定去探索一下周遭。

雖然我不清楚自己的身體發生了什麼事，但幸好還推測得出目前所在地。這裡離我家很近，步行三分鐘就到了。先回家一趟或許也是個好法子。

只不過……

「即使回去了，大概也沒有人在吧。」

我用差不多該習慣的動畫角色般的嗓音這麼說道，接著嘆了口氣。

?!!
ふにゅ

要是被丟在這種完全感受不到「他人」的空間中，任誰都會看得比較開吧。說要去探索，也只是不想靜靜地待在這個陰森森的世界，因而起身行動罷了。我並不期待會得到什麼收穫。不對，是「本來」並不期待。

大概是因為這樣，我才沒有察覺到突然現身的「她」的氣息吧。

「——啊，發現可愛的女孩子了。嗳、嗳，要不要成為我的同伴呀？」

正側邊傳來開朗的嗓音。

我立刻轉頭看過去，下一瞬間，視野不知怎地就被一片黑暗給籠罩住了。

「咦？哇……噗。」

是胸部，而且具有壓倒性的分量。包覆在某種制服下的豐滿丘陵，用力地擠壓在我的臉上。沒錯，就是用擠壓的方式……不妙，我腦子太過混亂，漸漸搞不清楚什麼是什麼了。靠這具力氣不大的身體也沒辦法把對方推回去。啊啊，舒服到腦子都要融化了。不對，必須要掙脫才行。

「哇～！妳～好～可～愛～喲～！」

我手忙腳亂地抵抗，很適合在旁邊加註「啪噠啪噠」這樣的效果音效，但少女完全沒放在心上，逕自甩動著豔紅色的雙馬尾，開始嬉鬧起來。她一手攬住我的身體，毫不客氣地玩弄頭髮又不可自拔地扭動起身子。

「嗚啊～！靠近一看更可愛了，妳真的真的好可愛喔！這頭髮是怎樣啊，滑順得嚇人耶！我可以摸嗎？我可以盡情大摸特摸嗎？妳願意把全身都交給我嗎～？」

「給我……放……手！妳這傢伙害我不能呼吸了啦！」

「啊，妳講話很粗魯呢～這樣可不行喔，難得長得這麼美味……不對，我是說，妳長得這麼漂亮可愛，不加倍活用這個優勢的話，就太浪費了喲～」

「啥？我說妳這……傢伙，到底在做什麼啊？」

「咿嘻嘻……做、很、棒、的、事、情、呀♪」

「喂喂喂喂喂喂！」

一道香豔無比的氣息拂過耳際，我心中警鈴大作，登時擠出面臨火災時會產生的那種蠻力，擺脫了她的束縛。

……聽起來很難以置信對吧？這傢伙可是把魔爪伸向了我胸前的鈕釦啊。

才剛變成女孩子就遭到同性襲擊，我的人生一定出問題了。

「什麼嘛～小春春妳很掃興耶。妳是不是很討厭我啊～？」

「至少算不上喜歡啦。是說……小春春？啥鬼？」

「嗯？哦，這個呀，妳叫做雲居春香，所以是小春春，我剛剛決定的——啊，妳該不會是不喜歡別人看妳的玩家狀態吧？原諒人家嘛～咿嘻，我和小春春不是好朋友嗎？」

「雲居……春香……？」

我開口複誦——這是個陌生的名字。我的名字是垂水夕凪，不是雲居某某。然而，面前的少女卻用那個名字來稱呼我。

……我注意到她用了「玩家狀態（Player Status）」這個字眼。

所謂的Player，就是遊玩、演奏某個東西的人或物體。翻譯為表演者、演出者、演奏者、選手。也指CD之類的媒體播放器。

不過，從她的話語來看，我可以推測出比以上詞彙更為貼切的字義解釋。

這個解釋，或許是唯一一個能夠完美說明這種愚蠢狀況的假設。

這個解釋，或許是我從一開始就察覺到，但下意識迴避掉的獨一無二正確答案。

「遊戲……妳的意思，這整個世界（這裡）都是遊戲場域嗎？」

我呆愣地喃喃說道，而少女則用怔怔的神色凝視著我的表情。

#

「什麼呀～原來小春春是第一次啊？既然如此就說出來嘛，真是見外耶～我會既溫柔又親～切地帶領妳喲。大概就像手把手教學那樣？可能偶爾也會有更超過的之類的？來來來，別跟我客氣喔～」

自稱姬百合七瀨的那個少女，一知道我是新手(Beginner)後，立刻用舌頭舔著嘴唇朝我接近……順道一提，這不是比喻，她真的一副快要流下口水的勢頭。我的本能在警告我，如果不逃的話，貞操將會不保。

我當然用盡全力逃走了。

儘管多少存在著身高差距，但彼此都是女兒身。而且我對這一帶也很熟，所以我判斷自己完全可以逃脫——不過以結果而言，這個預測是徹底失敗了。

「想從我身邊逃走還早一百年呢～！『停滯』發動(Open)！」

「唔！」

我才剛在想背後的姬百合在嘰咕著什麼，結果身體就急遽地失去了推進力。奔跑速度忽然下降。即使並不是完全動彈不得，但身體變得異常沉重，甚至連抬起腳都顯得慢吞吞的。這是怎麼一回事？

「唔喔——」儘管如此，我仍舊咬牙持續「抵抗重力」了一下子，然而……

「——咿嘻，抓到小春春了。」

姬百合不疾不徐地追上來，輕而易舉地就逮住我了。

她相當刻意地雙手扠腰，鼓起了臉頰。

「小春春妳真是的，別人的好意必須心懷感恩地接受才行喔～」

「……少囉嗦，妳從剛才開始到底是怎樣啊，妳有什麼目的？」

「好喔，妳這小壞嘴～我不就說要帶領妳了嗎？小春春，妳只知道現在是在遊戲裡而已吧？咿嘻嘻，我會好好教導妳各方面的事情！」

「不需要。放開我——可惡，為什麼我動不了啊！」

「就～說～了～妳不知道遊戲規則的話，當然無法理解啊。看來小春春妳是個很頑固的人呢。還是說其實是腦筋不太好？比我還笨那可就真的很嚴重嘍～」

「……唔。」

姬百合那種「咿嘻嘻」的笑法，說好聽一點是很有小惡魔的感覺，滿可愛的，但同時也相當適合用來「挑釁」。說直接一點就是超級煩人。

只不過——儘管如此，她的話語還是具有一定程度的說服力沒錯。

這個世界實在太真實了，很難讓人相信是「創造出來的」，但如果說這是「遊戲」的話，我現在不知道規則和目的確實「太過危險」。

……要不要……拜託她看看？

「——不。」

我微微搖了搖頭，否定這種濫吞的思考。

從理性的角度來看，老實地向姬百合低頭或許才是正確解答。但就算如此，我也不想拜託她進行遊戲教學。

嗯，沒錯，我這個人沒有樂觀到讓自己欠陌生人一個人情。

我決定趕快離開，於是毅然決然地開口道：

「給我放開。」

「好～我說！」（註：日文的「放開」與「說」的發音相同）

…………

照理說我這聲威嚇應該要充滿魄力，但連自己聽起來都覺得很稚嫩可愛，因此似乎導致愛多管閒事的姬百合變得更起勁了。

「你知道斯費爾的都市傳說嗎？還滿有名的喔。」

從姬百合口中說出的，是某個國際級大企業的名字。

斯費爾股份有限公司於距今二十年前創立，本來好像是幾個工程師成立的小型遊戲製作公司。到這裡都還算很常見的事情，而且大部分都會遭到淘汰。

不過，他們確實具有真本事。

他們是有如超人般……不對，可能還「在這之上」——甚至可謂是如同惡魔般的「天才」。

遊戲的小型化及行動化、三次元沉浸視覺功能、全像投影、虛擬現實空間、腦內信號模擬抽出法、完全自立型AI……斯費爾不斷進步，如今規模已擴大到說是世界第一也不為過的程度。人們都稱呼他們為「魔術師（Magus）」。實際上，對於斯費爾所擁有的一部分技術，所有的現代物理學者似乎都放棄解析了。

網路上繪聲繪影地流傳著一個關於斯費爾的「傳聞」。

據說——斯費爾會不定期舉辦非正式的「地下遊戲」。

只要在遊戲中獲勝，就可以獲得足以吃喝玩樂一輩子的龐大金錢，或是不老不死，又或是最棒的戀人，總之「能夠任選一樣想要的東西」。

這個傳聞當然沒有任何根據。正因如此才會是「都市傳說」。

但是，斯費爾的名聲以及內容的荒誕性，再加上有些人瞎猜他們真的有可能搞這種事情，導致這個傳聞長久以來未曾消失，一直流傳不止。

匿名留言板和社群網站等地方現在依然有大量謠言四散，拍賣網站上還有在高價買賣「地下遊戲的參加權」這種東西。就算有真相混雜在其中，要篩選出來大概也不是件易事……

如此如此，這般這般。

「唉～夠了，到這裡就好。所以說，這就是所謂的地下遊戲嗎？」

姬百合滔滔不絕地說明著，我則用有點厭煩的語氣打斷她。

她緊緊抱住這樣的我的頭，一邊把她的鼻子和嘴巴之類的用力壓在淡金色的長髮上磨蹭，一邊答道：「就是這麼一回事！」……慢著，這個姿勢真的很奇怪。不容分說地從四面八方襲來的未知觸感，讓我的理性簡直快飛走了。

「咿嘻嘻，小春春妳的反抗變弱了耶。看來是沉醉在我的技巧中了吧？」

「少胡說……才不是咧！都是妳用了奇怪的技能，害我動不——咦？」

伴隨著有些沒勁的聲音，我動著不好使喚的腳拉開距離。

……我試著甩動手腳，想證明我無法行動自如，但不知出於什麼原理，非常簡單地就解除了束縛。

我困惑地看向姬百合，只見她「呿」了一聲，並噘起嘴巴。

「真可惜！」

「可惜什麼……不對。」

我又嘗試動一次，那種侵蝕全身的「重量」果然消失了，彷彿不曾存在過。

——是「時間限制」。這麼認為應該很妥當吧。

姬百合剛才使用了類似這個遊戲裡的「技能」的東西，以此限制我的行動來抓我。然後「效果時間」在進行說明的期間結束，於是我的束縛便解開了。

我進一步地思索。

如果姬百合能夠使用的話，同樣身為玩家的我，應該也具備那樣的技能吧。既然如此，玩家可能是要利用技能來達成某個目的，或者是打倒其他玩家……大概是這類型的遊戲吧？

若真是這樣，使用技能的條件是什麼呢？要如何才能通關？可惡，為什麼沒有正規的遊戲教學啊？不知道遊戲的進行方式的話，我連玩都沒辦法玩——

「……玩家……」

耳邊冷不防地傳來姬百合沉靜的嗓音，打破了漫長的沉思。

我不禁抬起頭，見到姬百合不知為何一副不滿地瞪著我，並且戳了戳自己的右臂……不，她應該是在指著裝在手臂上的「機器」。

我的手臂上也有相同的東西。外觀類似裝甲，形狀為帶有光澤的流線形。

「玩家在這個終端裝置的『卡槽』裡，可以持有最多七張卡片喲。」

「卡槽……？」

「對，簡單來說，嗯～就像是手牌之類的？透過各種手段集滿卡牌，然後利用卡牌來達成勝利條件。這就是Rule of casters大致上的內容吧。」

「等、等一下，別再說下去了。Wait。House！」

我一邊誇張地揮動雙手，一邊叫喚似的這麼說道。

我並不是不想要遊戲的相關資訊，我反而超想要的。

但是不行，我的心跳愈來愈激烈了。我的「天性」正對眼前的狀況發出警報。

「是怎樣呀～」

對於我的制止，姬百合一臉沒意思地嘟起嘴巴。

「小春春妳完全不依賴我，害我都焦急起來了啦～」

「就說了……！我本來就沒有要依靠妳的意思。我絕對不想欠妳人情，畢竟不知道妳之後會提出什麼要求啊！」

「啊，妳這句話的意思是在懷疑我吧～？真是的，小春春妳好過分，像我這麼純真的人可不多喔。我才沒有什麼邪惡的企圖呢……啊，好像也不是？不過不過，硬要說的話～」

「……硬要說的話？」

「我要的是身體……開玩笑的啦。」

「什、什麼開玩笑，妳剛才可是狂摸我的胸部耶。」

「多謝款待～！啊，真的很美味喲～！哎呀～摸起來軟呼呼的！」

「軟呼——我、我又不是在問妳感想！」

那充滿誘惑力的語感讓我有一瞬間差點就要往下看了，但還是靠毅力抬起臉。

不是這樣，我要說的不是這個！

「這個，該怎麼說好呢……我不知道妳是出於什麼意圖來接近我的，那也不重要。不過，老子就是不能接受這種事情啦。」

「老子？咦，小春春妳該不會是習慣用老子來自稱吧？」

「咦？呃，啊……我？總之我不太擅長面對這種事情。應該說，我會忍不住產生警戒。」

「嗯？唔……類似怕生嗎～？」

「真要說的話，是不相信人。」

姬百合恍然大悟地雙手一拍，發出格外清脆的聲響。

不相信人。要直截了當地說明我的性格的話，這無庸置疑是最適合的詞彙。我無法相信他人的善意，只覺得周遭所有人都企圖騙我，想把我殺掉埋起來，所以我極力抗拒與人建立起「親密」的關係。

自從當時以來——自從那個「遊戲」以來，我就一直如此過活。

因此，我本來就不擅長應付像姬百合這樣「開朗」的人。雖然對方可能真的是出於一片好意而教我各方面的事情，但我的頭腦並不這麼認為。我會擅自心生懷疑，想揭穿對方的真面目，看她那張漂亮的臉皮底下究竟藏著多麼醜惡的東西。

我明明是因為這樣才想獨自行動，卻帶著指責的心情瞪著姬百合。

「唔！」

也許是產生動搖了，只見她垂下眼眸，肩膀開始小幅度地震顫起來。

儘管我看不見她的表情……但應該不可能是在愉悅地笑著吧。

「…………」

一陣沉默。姬百合遲遲不抬頭，我實在忍受不下去後，便說了句「抱歉」，打算盡快離開現場——的前一刻。

突然爆出一道令我懷疑自己聽錯的巨大聲量，將我的雙腳定在原地。

「好可愛喔喔喔喔喔喔喔喔！」

「…………什麼？」

她剛才說了什麼？

我目瞪口呆，真的無法理解她那句話的意思。姬百合的眼神綻放出光采，喋喋不休地說道：

「妳好可愛！簡直太可愛了！叛逆期的公主殿下超可愛的！啊，不行了，我完全陷進去了。

糟糕，該怎麼辦才好呢？我好想徹底地征服妳。倒不如說，我更想被妳征服！」

「妳在說什麼鬼話啊！剛才的話題是要經過怎樣的過程才會落入這種結論啊！」

「咿嘻嘻，哎呀～這就是那個嘛～屬於沒辦法用道理解釋的那一類啦！也就是說，我戀愛了。所以不管小春春說什麼，再怎麼拒絕我，我都只會緊纏住妳不放。ＯＫ～？」

「為、什、麼、啊！ＯＫ個頭啦！」

「小春春很不坦率耶，太可愛了，真是受不了～」

「喂喂喂喂喂喂不要抱我啊啊啊啊啊啊啊啊！」

……這傢伙沒救了，必須趕緊想辦法解決問題才行。

我懷著有生以來第一次親身體會到的心情，開始用盡全力把這個抱住我脖子的雙馬尾變態色女給扯下來。

#

「——這就是ROC的勝利條件。啊，順便告訴妳，ROC是Rule of casters的簡稱，不是COC（Call of Cthulhu）喔～」

姬百合說到這裡便打住，然後從正在盪的鞦韆上用力跳了下來。

稍微比我高一點的身軀輕盈地在空中飛舞。我一邊心不在焉地望著那道身影，一邊在腦中複誦她剛才（強迫）告訴我的「地下遊戲的規則」。

ROC——Rule of casters是「與現實世界如出一轍的架空區域」內舉辦的地下遊戲。玩家們把這個特殊的場域稱為地下世界。

轉移的機制是這樣的。

擁有玩家權利的人在現實世界進行「特定的行動」。這樣一來，ROC的主要伺服器會有所

感應，並檢閱是否為正常的登入金鑰。通過伺服器的審查後，就會自動被傳送到「這裡」。

從狀況來看的話，我的登入金鑰應該是那個圖形鎖吧。而且絕對是剛好有其他人脫落，在「玩家欄有空位」這個最糟的時間點執行的。畢竟ROC這個遊戲是脫落時交替制，隨時都有一百人參加。

接下來是最重要的遊戲內容。

直截了當地說，就是「運用卡片來達成『勝利條件』」。似乎只有這一點而已。

勝利條件其一——拿到「五把鑰匙」，並且獻給名為「祭壇」的地點(Point)。

五張一組的「密鑰」卡會在玩家之間流通，只要收齊五張卡片，小心地保管並送到目的地就達成了。簡單來說，就是寶物爭奪戰。由於在一百名參加者(玩家)裡面，只有一人能夠勝出，所以想必會出現激烈的妨礙行為。

條件其二——得到「王的四名心腹」相助。

四散在區域各處的NPC——非玩家角色之中，似乎潛藏著四名設定為王的心腹的人物。玩家要做的，就是找出他們，並「使其叛變」。

只不過，光是要找到他們就很困難，距離ROC啟動已經過了一個半月，但據說直到現在還有兩個人物「毫無消息」。

然後是條件其三——不對，即使是其他條件，最後依舊會通往這條路。只要滿足三個條件之中的任意一個即可，玩家總歸是要「殺死公主」。

這就是這個地下遊戲ROC的目的，也是勝利條件。

可是——我讓滑順的金絲飄動，歪了歪頭。

「那個所謂的『公主』……呃，是什麼樣子的？」

「嗯～這一點確實令人好奇呢～不過，我也不是很清楚。」

「不清楚？這不是勝利條件嗎？」

「對，聽說還沒有人找到喔。這和其他條件不同，連到底是卡片、NPC還是玩家都不曉得……再說，妳不覺得被人找到的那一刻，遊戲就會宣告結束（Clear）了嗎？畢竟只要『喝☆』一聲殺掉就行了呀。」

「什、什麼殺掉啊妳……那種話不要隨便亂講啦。」

「小春春這麼純真啊～真可愛耶～沒啦沒啦，這可是遊戲喔。就算說要殺掉，也只是讓對方的HP歸零而已。在ROC裡就算不幸陣亡，除了『無法再次參加（Retry）』之外沒有其他懲罰，所以既安全又安心，對吧？」

「哦——這樣啊。畢竟是遊戲，遊戲嘛。我都差點忘了。」

若是如此，瞄準身為目標（Target）的「公主」，的確是最簡單省事的方法。

我在腦中整理得到的資訊後，打算詢問更詳細的規則——但是，這時候我突然察覺到一件事。那就是，太陽不知不覺已經西斜了。

「……糟糕。」

不妙的想像劃過我的腦海。

「遊戲開始時會創造一個虛擬形象，登入之後，現實世界『只有內在』會移動到這裡」——這是姬百合的說法。如果相信這一點的話，此刻在我的房間內，如同字面意義的「靈魂離身的我」就會專心地盯著智慧型手機，連續好幾個小時動都不動一下。

我心中有一點不安，不知道愛擔心的老媽會不會叫救護車來。

我想回去一次確認情況。或者應該說，我已經不想再來了。

「欸。」

我從動用全身擺盪的鞦韆（腳沒有碰到地面）上，朝姬百合出了聲。

「妳知道回到現實世界——簡單來說，就是登出的方法嗎？不管是要認真參加，還是要收手放棄，都必須好好準備……更正，是做好偽裝才對，不然就糟了。」

「登出？有有有～這是當然的嘍。有一種略為稀有的符咒，叫做『撤退』。」

「我該怎麼做才能得到那種東西？」

「要確實拿到手的話，就去『武器店』……嗯～不過，既然如此，妳不如確認一下現在手上的手牌吧？每個玩家都擁有初期牌，共有『七張』符咒，妳想要的說不定已經有了喔。」

姬百合說著「讓人家看看嘛～？」，試圖用手把手且包含更多肌膚接觸的方式來教學，而我則在張嘴露牙威嚇她的同時，讓她用口頭教我操作終端裝置的方法。

話雖如此，但這畢竟是斯費爾產的最新銳終端裝置。

用不著特地聽取詳細的說明，只要輕輕觸摸表面，便能通過指紋認證，首頁畫面在眼前投影展開。上面有「詳細狀態」、「卡槽」和「通訊錄」等各種圖示並排在一起。

我立刻選擇卡槽，確認據說存在裡面的七張卡片——但是……

「……奇怪……？」

我忍不住發出精神恍惚似的喃喃聲。

卡槽展開，從左邊開始分別裝著「強化」、「感知」、「轉移」、「撤退」這「四張」卡片。右邊的三個欄位是空的，沒有任何卡片。

「…………」

是姬百合騙了我嗎？不過，在這種小事情上騙我又有什麼意義？

我在抱持疑問的情況下，決定也看看其他項目。

通訊錄如同其名，似乎就是可以和其他玩家取得聯絡的功能。條件應該是要接觸或接近吧。現在只有「姬百合七瀨」登錄在上面。

接著是詳細狀態的項目。這個看來就是將遊戲內各種能力值（Status）視覺化沒錯，接連列出了ＨＰ和攻擊之類的細節資訊。

然後，我不經意地看向頁面最下方——頓時說不出話來。

看到我的表情突然一僵，姬百合不解地這麼問道……不妙，不能讓她察覺到這種事情。

「嗯？妳怎麼啦～？」

我盡量保持自然地把嘴巴轉為苦笑的形狀，緩緩地搖了搖頭。

「沒什麼啦……只是看到剛好有『撤退』卡，嚇了一跳而已。這樣我就能回去了吧？」

「哦，小春春真是個幸運女孩耶～嗯，沒錯喲。妳可以選擇那張手牌，然後按下ＯＫ，或是在持有手牌的狀態下，說『「〇〇」發動！』就能夠使用了……咿嘻，下次登入的時候一定要主動聯絡我喲。絕對要喔～！」

大概不會有再見面的機會了吧。我一邊這麼想著，一邊答道，而姬百合則一臉高興地揮了揮手。紅色雙馬尾受到牽動，在她的背後跳動著。

「啊～嗯，我考慮看看。」

我低聲唸道……雖然對姬百合很抱歉，但我目前並不打算再回到這裡。如果登入條件只有那個圖形鎖的話，那我再也別在手機上畫出Ｚ字形，應該就能徹底斷絕與ＲＯＣ之間的關聯。若是這樣也無所謂。

「——『撤退』發動。」

只不過，感覺這件事短時間內還是會持續占據著我腦內的某個角落。

畢竟——那個我只打開一瞬間的玩家詳細狀態，上面寫著的文字列具有充分的魔力，足以將雲居春香（現在的我）後腦杓的長髮給拉住，無法完全脫離。

「玩家名稱：雲居春香。

能力值分配：ＨＰ1、攻擊5、防禦5、敏捷9。

特殊職業：公主。」

#

將一名指定玩家送出遊戲外的「撤退」，充分發揮出其效果，當我下次回過神的時候，人正蹲坐在流過市內的人工河川的河岸上哭泣。

「……為啥會變成這樣啊？」

搞不懂對吧？我也完全一頭霧水。

雖然搞不懂——不過，用來擦淚水的手掌很粗糙，即使搖了搖頭，頭髮也不會飄逸地飛起，最重要的是，往下一看，也只看到一片毫無起伏的平坦胸膛。看來我確實是回到原本的身體裡了。

這具身體並不是雲居春香，而是垂水夕凪。

既然如此，那麼這裡應該是現實世界沒錯吧。街道的喧囂、汽車的排氣聲以及學校的鐘聲，這些都不存在於ROC裡。就算再怎麼不相信人的我，這種「人群的氣息」也成為令我安心的依據。

……只不過，如果要挑一件事來抱怨的話……

「為什麼跟登入時的地點不一樣啊？座標管理這種東西至少該做好吧，混帳！」

心愛的家居服弄得泥濘不堪，我大聲罵著ROC的廠商以洩憤，然後高聳著肩膀，踏上回家的路途。

——翌日早上。

「阿凪？我說阿凪你啊～！」

一道吵死人的叫喚聲穿過房門鑽入耳中，於是我不情願地睜開了雙眼。

我一邊搖晃著遠遠算不上清醒的腦袋，一邊看向枕邊的鬧鐘。現在是早上七點五十九分……比設定的鬧鐘時間還要早一分鐘。因此，我還不能起床。醒來後再小睡一下跟課堂上打瞌睡一樣，都是極致的享受。

不過呢，這種陶醉的時光總是會遭到無情蹂躪的命運。

「我進去了喔，阿凪！」

傳來喀嚓這道強而有力的聲響，門被打開，熟悉的褐髮制服身影毫不客氣地進入房內。她一看到我尚未離床的怠惰模樣，就刻意地大嘆一口氣，然後雙手扠腰。

「唉～真是的，你果然還在睡！阿凪！給我起床啦，阿凪～！難得我幫你做了早餐耶，你至少說點『這個味噌湯的香味……是雪菜嗎？』這種話吧～！」

「……這個令人一大清早就心情鬱悶的怒吼鬼叫，是雪菜嗎？」

「氣、氣死人了～！剛才那樣不行吧！在這裡的可是每天早上都溫柔叫醒你的美少女青梅竹馬耶，是青梅竹馬喔！你應該要有更多表示吧！像是感動啊感謝啊感激之類的！」

「如果是理解啊絕望啊看開之類的，我倒是可以勉強擠出來。」

「啊來啊去煩死了，你很愛耍嘴皮子耶！好了啦，快點起床，不然真的會遲到喔。阿凪，老師本來就很注意你了，你得小心點才行啊，聽到了嗎？」

「…………齁～」

「就叫你別睡了啦～！」

她用丹田大喝一聲，毫不猶豫地走了過來。接著，她突然猛力抓住包裹住我的毛巾被，就這樣無情地抽走。

當我正打算抱怨個一句的時候……

「早安呀，阿凪。」

「……喔，早啊。」

透過騎乘姿勢搶先展現的「笑臉」，輕易地消除了我的惡意。

笑臉。那是一張宛如花卉盛開般的燦爛笑容。特地向我展現如此不得了的事物的，是佐佐原雪菜——和她剛才自稱的一樣，是我的青梅竹馬，住在隔壁的獨棟住宅。

從身高、胸部、腿到腰，整體身材相當好。

容貌給人柔和的感覺，搭配那雙圓溜溜的大眼睛，顯得很稚嫩。

一頭明亮的褐色蓬鬆柔軟波浪捲髮留到肩下左右。

即使不用偏袒自家人（雖然也不是）的眼光來看，那亮麗的外表也很引人注目，聽說她在去年文化祭舉辦的選美比賽中，榮登第一名的寶座。再加上個性開朗又善於交際，還很會做菜，所以簡直無可挑剔。

「受不了你耶，快去換衣服啦，要是害我也遲到的話，我可會生氣喔。」

雪菜鼓起臉頰，一邊抱怨，一邊逕自打開衣櫥，開始準備起我的一整套制服。熟到不能再熟的情景，固定的距離感。

「妳如果不想遲到的話，自己趕快去學校就好了吧……是說，既然叫我換衣服，那妳就出去啊。妳姑且也算是異性吧。」

「咦？沒關係吧，不過就是內褲而已，有什麼好害羞的？我已經看過好幾次了不是嗎？」

「不是那種問題啦！」

「啊，等、等一下啦，阿凪！——真是的，你動作一定要快點喔！」

我使勁地推著那毫無防備的後背，獲得短短片刻的寧靜。

我一邊搖著昏沉沉的腦袋一邊思考……不知該怎麼形容，我自己也知道雪菜這個人的個性很好。不對，倒不如說，我比世界上任何人都還要清楚這一點。

只不過，自「那個時候」以來，我就開始避免與人接觸，所以我始終沒辦法喜歡被人闖入內心世界的感覺。就連集好意與善意於一體的雪菜，我都會忍不住想去懷疑她，我真的極度討厭這樣的自己。

而且——

當我的腦子自顧自地沉浸在回憶中之際，突然有其他聲音從房間外面混了進來。

「話說回來，阿凪，你昨天發生什麼事了嗎？」

「————」

我一時之間說不出話來。

「嗯？阿凪？啊，該不會又睡著——」

「沒有，我沒在睡，只是打了個呵欠，來不及回應……妳說昨天？為什麼這麼問？」

「咦，也沒有為什麼啦……呃，大概是下午三點左右吧？我看到阿凪你飛快地從我家前面跑了過去。你當時穿著家居服，而且好像還在哭，我就有一點點在意。」

「三點左右……」

我微微垂下頭，沒辦法好好回應她那似乎很擔心的語氣。

——我是昨天早上登入ROC的。

雪菜說的那時候，我應該已經在遊戲場域（那邊）了才對，再說，就我所知，現實世界的身體會「如同靈魂離身般動都不動」。

當然，這是姬百合給的消息，所以虛實參半。

只不過，既然那邊的世界不存在「垂水夕凪（我的身體）」，那確實就是最容易讓人接受的解釋，而若是如此的話，便和雪菜的說法有出入了。

為什麼呢？我這麼自問著。為什麼我會想這種無關緊要的事情呢？不管ROC是採取怎麼的做法，我都已經「脫離」了。我不會再登入第二次，也不會再跟那遊戲扯上關係。

「……阿凪？你今天好像真的不太對勁吧？如果你身體不舒服的話……」

隨著嗓音傳來，房間入口的門扉也響起輕微的叩叩聲。雪菜這個人行動力超強，要是放著不管的話，她搞不好等一下就打電話給學校了。

我一邊扣上襯衫的鈕釦，一邊盡可能用輕鬆的語調說道：

「哪有什麼不對勁啊？妳這樣講很過分耶。放心吧，老師對我的印象是真的很不好，我會好好上學的——另外，有問題的不是我的身體，而是妳才對，或者說是妳的腦子。」

「你……你什麼意思啊！」

「聽好了，我昨天根本沒有踏出門一步。依照妳的性子，八成是把路邊的狗看成是我了吧。給我去看眼科啦，蠢蛋。」

「哇！你這傢伙太欠揍了吧！竟然仗著自己比較聰明一點就瞧不起人啊！才不是呢，我才不會搞錯，那就是阿凪沒錯啦！」

「是是是（笑）。」

「用不著特地把（笑）說出來啦啊啊！夠了，我已經被你惹火了！我要把你的早餐吃光光！然後只留下小松菜逼你吃掉～！」

「會胖喔，選美比賽冠軍。」

「無所謂！這也是難免的事情！」

撂下這句話後，雪菜就一口氣衝下樓梯了。我可以從聲音聽出她在樓下遇到了我那睡眼惺忪的母親大人。她們倆大概會開心地東聊西聊，而她最後還是會一如既往地坐在餐桌邊等我吧。反正她就是這樣的傢伙。

我「呼啊」地又打了一次呵欠，然後繼續慢慢地換衣服。

#

不知是否該說是因為認識很久了，所以彼此之間不會太過拘束，雪菜一有機會就會觸碰我的肩膀和手臂之類的，而我一邊隨意應付，一邊往學校前進。

就在做著這樣的例行公事之際，「頭上」突然傳來一道喊話聲。

「真是的，無論何時看到你們都是這麼愉快呢，真羨慕啊——嘿。」

緊接在極度沒幹勁的喊話聲之後的，是「啪沙」一聲，異常輕盈的落地聲。

從上學路旁的公園大樹上跳下來的，要比喻的話，就是個「灰色的少女」。

「嗨，兩位早啊，抱歉每次都要這樣登場。」

少女用悠悠的語調這麼說道。接著，她彷彿忘記自己剛才跳下來的事情一般，從容自然地將一隻手伸進灰色連帽上衣的口袋裡。我看不到她的表情，畢竟她把有耳朵的帽兜拉得非常低，上半張臉永遠是藏起來的。

就看得見的範圍能知道的事情，大概只有她嘴巴叼著白色棒狀物這一點而已吧。

瑠璃——這就是這個可疑人物的名字。

她似乎姑且算是跟我和雪菜屬於同一間學校，但我從來沒看過她穿制服的模樣。說得詼諧一點，就是幽靈學生，直截了當地說的話，就是居無定所且沒工作（積極型尼特族）的學妹。

「早安，瑠璃學姊，今天是什麼口味的呢？」

我微微低下頭，向她拋出這個話題。至於什麼口味這個問題，當然是指學姊她每天一定都會含的棒棒糖口味。

「唔？……我懂了，你是對我的口腔很感興趣吧。這還真是相當特殊的性癖好啊。雖然我很樂意滿足你的需求，但我不確定自己是否能夠勝任你的對象。」

「啊，妳不想說就算了。」

「你真害羞啊。今天是葡萄啦，你看。」

學姊聳了聳肩，「啊～」地用兩手的手指掰開嘴。她那小小的嘴巴內確實被染成了一片紫色……不過，這副模樣有點色情啊，學姊。

「其實妳用嘴巴回答我就可以了。」

「嗯？我不就用嘴巴回答你了嗎？」

我說東，她偏要往西。

當我舉起雙手投降後，學姊就一臉滿意地點了點頭，然後微微拉下帽兜，看向不知為何鼓起了臉頰的雪菜。

「妳也早啊，看妳總是這麼有活力，真好呢。呵呵，別鼓著腮幫子生氣嘛。」

「啊，我、我沒有啦，學姊！這、這、這個嘛……對了，學姊今天也不去學校嗎？」

「唔，學校喔，有辦什麼開心的活動嗎？比如說，校舍被某種巨大生物踩爛，或是發現半數學生都是複製人之類的。」

「呃，呃～那應該有一點難耶，將來也不會有吧。」

「是喔，這樣的話，我目前沒有興趣喔。」

「我就知道。」

聽到雪菜感到傻眼般的聲音，學姊便勾起嘴角露出微笑。

學姊的價值標準只在於「有興趣」和「沒有興趣」這兩個選項而已，聽說學校是屬於後者。所以她之前說過不會去學校……包含大搖大擺地拿這種謬論四處橫行這部分在內，說她是神祕到不行（Mysterious）的人物應該是最恰當的說法吧。

不過，正因為這樣，她也是少數我能夠放下戒心溝通的對象之一。

「那就再見啦，學姊。」

我一邊仔細地想著這種事情，一邊輕輕點頭，離開了這裡。

不對……正確來說，是我正要離開的時候。

「我說你啊——」

背後響起了叫喚聲。明明是感覺沒什麼的平板聲調，但這句短短的低語卻格外清晰地傳進我的耳中。我反射性地停下腳步。彷彿連鎖效應似的，我身旁的雪菜也轉過頭去。

在兩人的視線所向之處——正垂下頭舔著棒棒糖的學姊微微動了動嘴。

「你這樣真的好嗎？」

從她口中吐露出的，是這個莫名其妙的問題。

「……妳的意思是什麼？」

我抱著舉白旗的心情回問道，而學姊則緩緩搖了搖帽兜下的頭。

「沒關係，你不懂的話就算了，這也沒辦法……對了，你知道這樣的思考方式嗎？據說，人生中的所有事情都可以分為兩類。」

「喔……我知道幾種啦，像是用善惡來區分，或者是跟自己有沒有深切關係之類的。」

比方說，學姊的話，就是以有沒有興趣來區分吧？

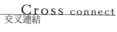

「說得沒錯，但我現在想說的不是這個，其實更加單純。歸根究柢，人生中的所有事情，都可以分為『能重來的事情』以及『不能重來的事情』。」

說完，學姊又重複了先前那句話——「你這樣真的好嗎？」

「……」

我往旁邊瞥了一眼，只見雪菜一臉完全搞不清楚狀況的模樣，而且比起討論這種事情，她更不想遲到，所以一直在拉我的衣服。既然她看起來似乎沒有頭緒的話，剛才那個問題果然是衝著我來的沒錯。

…………不。

還是別再想下去了。這位學姊天生就很擅長用意味深長的語氣說出根本不重要的事情。跟她認真的話可沒完沒了。

「誰知道呢？……在這方面，或許當事人才是最迷惘的吧。」

因此，我只說了這句話，然後這次就真的往學校前進了。

#

踏進教室的瞬間，真的有那麼一瞬間，我感覺氣氛凝滯了。

「……」

短短一瞬過後，三十幾個同班同學再次愉快地閒聊了起來，教室內立刻恢復一貫的嘈雜。在他們眼中，已經沒有我這個人了吧。不管是有意還是無意，我都被排除在這個圈圈之外。

只不過，這種狀況跟什麼霸凌之類的不一樣。

徹底不相信人、不交朋友、不與人結伴、懷疑並拒絕一切好意、不論誰都無法信任——我就是這副德性，如果沒受到孤立還比較奇怪。

但是──無論哪個班級裡，一定都會有一個看不出「這種氣氛」的傢伙。

「大家早安呀～！」

有人將拉門完全打開，然後舉起書包，活力十足地跟大家打了招呼。至於這個人，當然就是雪菜了。她一邊親切地回應來自四處的回話和笑容，一邊不知為何往已經入座的我這邊跑了過來。

接著，她蹙起秀眉，用右手敲了桌子兩次。

「是說，為什麼阿凪你先走掉了啊？我明明就有叫你等我耶！」

「……我說啊，為什麼我非得等妳上完廁所不可啊？」

「啊，你那是什麼口氣啊！我可是每天早上都在等你耶！」

「我不就說過沒拜託妳等我了嗎？好了啦，妳快回妳的座位。好不容易趕上了，小心被判定為遲到喔。」

「哼──阿凪你這個笨蛋。」

雪菜刻意壓低嗓音說道，吐了吐舌頭後，終於往自己的座位走過去了。在這段期間，不過短短幾公尺而已，就響起總計六次跟她搭話的聲音。受歡迎的程度真的很驚人。

我用眼角餘光捕捉著青梅竹馬的背影，心中只想一件事情。

「……這個愛管閒事的傢伙，又給我做了多餘的事情。」

我輕聲嘆了口氣，想必沒有人會聽到。

雪菜那傢伙是故意纏住我的。這一點絕不會有錯，畢竟她「以前才不是這種個性」。在我變成「這樣」以後，她就改變了自己。就算我再怎麼張開屏障，她還是會闖進來，大聲告訴我這裡很安全。

——這麼做只會讓妳的名聲變差而已。我曾經很認真地如此跟她說道。

——這麼做能讓阿凪的名聲變好的話，我就不在乎。她難得認真地對我生氣了。

「唉……」

所以說，我今天大概也會繼續維持這種不上不下的立場，度過一如既往地學校生活吧。

在第二節課快要結束的時候，這個預測就被推翻了。

「接著來講解對數函數的積分。」

學生們在弛緩的氣氛中，聽著臨近老年的數學老師含糊說話的聲音。

我也一邊轉著筆打發時間，一邊忍住今天第十次的呵欠。睡眠不足是一部分因素，再加上這個老師的聲音建立起獨特的節奏，令人昏昏欲睡。不知不覺中，我已經向睡魔屈服，腦袋漸漸開始搖了起來。

——可能是因為這個緣故，我才沒能及時發現。

「……咦？」

在來回於夢境與現實之間，視野理應一直交互映著黑板與眼瞼內側才對。然而剎那間，簡直像是切換電視頻道一般，輕易地被「重新塗刷」了。

外頭——是外頭。環視一遍後，我發現這裡是車站前購物中心附近的大馬路。周遭毫無人影。這個城市的發展程度介於都會和鄉下之間，所以除了深夜以外，應該沒有其他時段是「空無一人」的狀態。

「該不會……」

一股強烈的預感襲來，我戰戰兢兢地往下一看。

……唉，果然沒錯。服裝變成輕飄飄類型的洋裝了。形狀姣好的胸部將布料撐起，呈現出碗狀，柔軟有彈性。不對，我要說的不是這個。

看來我又一次地成功登入ROC了。

「為什麼啊……不是一定要滿足登入條件才可以來到這裡嗎？」

我用微弱又惹人憐愛的女高音聲調，問出了這個問題。

照理說是這樣才對。想進入這個遊戲場域的話，必須達成玩家特有的登入條件才行，反過來

說，只要不那麼做，就無法登入。

以我的情況來說，就是「在智慧型手機的圖形鎖上描出Z字形」。

但是，我剛才根本沒有碰到手機。

「我搞錯登入條件了嗎？或者有兩個以上？還是說……可惡，難道是強制登入嗎？我可沒聽說有這種事啊。這樣一來，我就算登出也沒用。」

我發出小小的呻吟聲。

……我上次之所以沒有好好收集資訊就使用了「撤退」，是因為我樂觀地認為這麼做就能完全逃離遊戲。

然而，如果除了自發性登入之外，還有其他被傳送到這裡的可能性的話，情況就大不相同了。簡單的「撤退」，倒不如說只是斷開資訊而已，是最糟的手段。

「可是，就算這樣……那又該如何是好？查出強制登入的原因？如果沒有實際懲罰的話，乾脆自殺看看好了？還是說……認真地將這個遊戲——」

就在此時——

一陣微弱的異音「嘰——」地穿過我的耳膜。接著，原本正雙臂抱胸沉思的我，視野中出現了閃閃發亮的「某種東西」。

一開始只有豆粒般的大小，但一口氣膨脹起來，朝我接近。

「什麼！」

——我立刻蹬地而起，能做出這個動作絕對可以說是僥倖。

我的嬌小身軀遠比想像中還要迅速地傳達大腦的命令，以壓倒性的反射神經成功躲過了「那個」。我收不住勢，差點踉蹌跌倒，但還是勉強站穩身子，對「那傢伙」投以危險的目光。

「……呿，什麼嘛，沒想到身手還挺矯健的。」

是襲擊者。至少從我的視角來看，這麼說對方並無不妥。那男人輕而易舉地重新把陷進地面的巨大武器扛在肩上，「呸」地吐了一口唾沫。

不會有錯……那一定是其他參加者。

這種事本身我已經有料到了。既然ＲＯＣ是具有「搶奪卡片」這種性質的遊戲，就算我身為「公主」的身分沒有暴露出去，也絕對還是會碰上與其他玩家之間的戰鬥（PVP）。這點程度的事情，我還是相當清楚。

——不過，那把大劍是怎樣？

我再次觀察那男人的武器。那是一把奇形怪狀的劍，長度感覺跟他的身高差不多，而且劍柄很小，只有劍身又長又大。儘管我對刀劍不是很了解，但從外觀來看，殺傷能力似乎相當強。

實際上，光是剛才那一擊，就把車站前的圓環給「毀了一半」。

「呵、呵呵呵，看妳一副呆若木雞的模樣。這很正常，再理所當然不過了！」

大概是我的反應讓那男人很滿意，只見他身體後仰地大聲叫囂著，還炫耀似的單憑一條右臂就高高舉起了劍。他嘴角上揚，露出令人不快的表情，那是屬於強者的從容。

「到底肌力有多發達啊——不對，應該不是這樣。」

……回想一下。ROC是「運用卡片來滿足勝利條件的遊戲」。

如果是這樣的話，我就猜得到了。簡單來說，那男人手中的「武器」應該也是一種卡片。

而且，在HP和攻擊力等能力數值化的ROC，武器形狀本身並沒有什麼意義。不管外觀看起來再不祥，都只是單純提昇攻擊力的卡片而已，完全沒有必要害怕。

「既然如此！」

我退後一步，跟那男人隔開距離，然後迅速舉起右臂，當即啟動終端裝置。

昨天登出前看到的手牌剩下「強化」、「感知」和「轉移」這三張。儘管我沒有讀過效果說明（Text），但可以從字面大致想像到。

應該有辦法應對才是——我抱著這個想法，打開了卡槽。

「唔！」

我頓時睜大雙眼，整個人僵住了。

「妳在發什麼呆啊！」

就在此時，一道猛烈的斬擊朝我襲來。我想都沒想便往地一倒，滾動著脫離攻擊範圍。裸露在外的手臂摩擦過地面，漸漸地熱了起來……這種傷害也會扣ＨＰ嗎？雖然我不知道，但無論如何，再拖延下去會很危險。

我的手指摸上終端裝置，展現警戒姿態，威嚇男人的同時思索著。

——放在我的卡槽裡的卡片，不知出於什麼緣故，變成了「與我記憶中完全不同的三張卡片」。

「同調」、「監察」、「加速」。每一張都是我沒有印象的符咒。

該不會是手牌在登出前都不會儲存吧？不對，應該不可能會這樣，不然在通關之前都不能回現實一次了。但若是如此，又為何會出現這種情況？

「嗯……很不錯嘛。」

「……咦？」

一句話突然混進思緒中，我不懂他的意思，便揚起了呆傻的聲音。

彷彿在回應我一般，男人的笑容誇張地扭曲，越發惹人不快。那眼神伴隨著一股生理上的厭惡感，危機感四溢。緊接著，男人用令人起雞皮疙瘩的下流聲音狂笑了起來。

「咯咯咯，妳真的很不錯耶！我喜歡。外表當然不用說，那種反抗的眼神簡直棒得不得了！我好想讓妳臣服於我啊，咯咯、咯咯咯咯！我好久沒這麼想侵犯一個女性了！來吧——等我盡情享受過後，就讓妳退出遊戲（被我殺掉）。咯咯，妳儘管放心，遊戲裡是不會懷孕的。」

「唔！」

一股冷顫竄過背脊，難以形容的不快感壓制住我的全身上下。男人的目光彷彿在四處舔拭一般，蹂躪著柔肌。我甚至產生了已經在被凌辱般的錯覺。

住手，給我停止。這是在搞什麼，有夠令人毛骨悚然的。我死也不要被這種人侵犯。

少用那種下流的眼神看著我——少看著「這傢伙」在那笑啊，下三濫的混蛋！

「咯咯咯，『停滯』發——」「『加速』發動！」

我猛然打斷男人的語聲，盡全力使用了卡片。

雖然我沒有時間閱讀「加速」的效果說明，但從名稱來思考的話，應該是「提昇玩家敏捷值」的符咒吧。而「停滯」恐怕則是相反。就像姬百合之前輕易地抓住我那樣，具有降低對手敏捷值的效果。

因此，即使同時現出卡片，效果也會互相抵消。

如果剛才是因為雲居春香(這具身體)的「高敏捷值」才得以迴避掉男人的攻擊的話，那應該完全逃得掉才對——我的猜測精準命中了。

「呿！……讓上等貨色給逃了。」

大概是不想再繼續消耗卡片，男人似乎乖乖地放棄追擊了。

#

我想，我需要資訊。

剛才的襲擊讓我確定了這一點。那個男人並不是因為看出我是「公主」而攻擊我。雖然公主確實是ROC中的「標靶」，但目前沒有玩家知道公主是誰。

不過，正因如此，才會頻繁發生PVP。

既然不曉得誰是公主，那就只能見一個打一個了。

這麼想的話，我這麼無知顯然是個問題。這樣一來，我也沒辦法瞧不起雪菜了。像那個男人擁有的「武器」卡和各式各樣的「符咒」卡，還有強制登入的謎團，這些我都必須弄清楚才行。

「好痛啊……被那個混帳給狠狠折騰了一番啊。」

我抱著擦破的手肘發牢騷。儘管傷勢不嚴重，但白皙肌膚上浮現的紅痕相當顯眼。而且，我確認終端裝置後，HP真的減少了一點。

話說回來……

「是說怎麼感覺HP超低的啊。」

用綠色長條顯示的HP，現在是四十／五十，最大值是五十，現在剩四十。也就是說，我光是摔個跤，就受到十點的傷害。

既然如此，換作是那個斬擊會怎樣？應該比摔跤造成的衝擊傷害還要高幾千倍吧？

「……果然必須多多打聽才行啊。」

我瀏覽在眼前投影展開的首頁畫面。

坦白說，我並不是不打算利用通訊錄。姬百合至少比我熟悉這遊戲，再說同為女性（雖然她有百合傾向）在這種時候也很重要。感覺她可以幫我洗刷掉精神上的汙染。雖然她有百合傾向。

「唔～不過……這個嘛……」

好處和壞處的天秤明確地傾向一邊，但就算如此，我還是不想主動聯絡她。老實說，就是我會怕，害怕與人扯上關係。

我一邊這麼想著，一邊玩著手指，結果用力過頭，碰到了其他圖示。

「啊。」

就在此時，出現了覆蓋住整片視野的世界地圖——我按到的是地圖。這是這個世界(場域)的全景。

……………不對。

出乎意料的是並沒有多廣闊，從比例尺來看，可以想像到差不多就是一座中等規模的市鎮村。

別說什麼想像了，這不就徹徹底底是櫻江市的臨摹(copy)嗎？

「搞什麼嘛，難怪盡是熟悉的景色。」

我半帶苦笑地接受了這個事實。仔細一看，河川和田園地帶等自然特徵、店鋪、設施和住宅區似乎都照搬過來了。

這樣的話，或許……

我突然想到一件事，於是一邊注視著地圖，一邊翻尋模糊的記憶。如果這裡是櫻江市的複製品，應該會有才對。沒記錯的話，是在這一帶……很好，找到了。

「不過，也有可能撲了個空就是了。」

但總比什麼事都不做好得多吧。我自顧自地找了個藉口，然後朝南方前進。

#

無論再怎麼脫離常軌，ROC終究還是遊戲。

既然如此，只要用「遊戲性」來思考現在的狀況就行了。

資訊完全不足，接下來的行動也未確定——從開發者的角度來看，這也一定不是他們想看到的事態。畢竟玩家始終不知該如何是好的話，這遊戲就不成立了。

因此，我幾乎是依照自己的結論，一股腦兒地列出了學校、補習班、汽車駕訓班、派出所和圖書館等等「有可能會告訴我基礎資訊的地方」。

然後，我從距離最近的開始走訪，已經來到了第三個地方。

最近新設立的櫻江中央圖書館確實跟我推測的一樣，是專為新手提供的遊戲教學場所。

「——但沒想到竟然要付費啊。」

我一邊發著牢騷，一邊穿過圖書館的入口。

我從櫃檯處戴著眼鏡的圖書館員那邊打聽到了許多事情。雖然這樣很好，但那傢伙在講完所有事情後，才補上一句：「這些資訊的等值代價只要一張卡片就好了喔。」而且眼神超冷的。

要不是因為對方是美女，不然我就要去客訴她幾句了。

「幸好我是個性溫厚的美少女啊，混帳。」

建築物前的廣場鋪著白礫石，我一腳踢散，發出「喀唰」的輕快聲響。

順便說一下，我交出去的是「監察」卡。這個符咒可以窺看一名玩家的手牌，似乎比另一張「同調」卡還要珍貴，但至少不是可以獨立發動的卡片。不過，就當作這也是不得已的事情吧。

「比起這種事情，現在要以徹查資訊為優先，畢竟時間有限。」

將十分清楚的事實說出口，上緊發條之後——我在腦中重新回想戴著銀框眼鏡美女圖書館員告訴我的「ROC的規格」。

・玩家初次登入時會自動形成虛擬形象。外表及服裝都是完全複製玩家當下的模樣，因此不可變更。

・登入中，現實世界的肉體無法行動。反過來說登出中，虛擬形象會從場域內消失。無法對登出中的玩家進行攻擊等動作。

・唯有玩家在現實世界達成「特定條件」時，才會登入。條件為每個玩家特有，各自只有一個。

・再次登入時，ＨＰ會完全恢復。

・位置資訊與現實相互連結。這個地下世界（場域）位在與現實世界的櫻江市相同的座標上，在現實的Ａ地點登入的話，遊戲就會從地下世界的Ａ地點開始。只不過，由於肉體無法活動，所以登出地點依舊是在Ａ地點，不會因玩家在地下世界的行動而變換。此外，不可侵入市外。

・這些事情應該全部都在遊戲教學裡講過了，您之前有在聽嗎（冷笑）？

「……畢竟是ＮＰＣ給的資訊，再怎麼說也不可能會是假的吧。還有最後那句也太多餘了。」

我雙手抱住差不多要疼痛起來的頭，當場蹲了下來。同時，一股甜香飄然竄過鼻間，我反射性地環視周遭……不對，我自己好像就是來源。

由於雙手抱膝（亦即將臉埋進裙子裡）這個行為莫名有點猥褻，所以我決定暫且將背靠在圖書館的外壁上，仰望天空哀嘆。

「這不是充滿了矛盾嗎……」

不——退一百步來說，登入中無法行動及登入時ＨＰ會恢復等等，這些事情我可以認同。

但是，現實與ＲＯＣ都是相同外表這一點該怎麼說？意思是我本來就是這種金髮美少女嗎？還穿著輕飄飄的洋裝？別蠢了，雖然我也不是要炫耀，但我的外表和內在都是還算普通的男高中生，沒有什麼穿裙子的興趣。

而且，圖書館員完全否定從ＲＯＣ這邊強制登入的可能性。

最矛盾的就是位置資訊的連結。雖然對方用很複雜的方式來說明，不過簡單來說，只要想像成類似與現實世界重合的平行世界（Parallel World）就可以了吧。一旦登入，世界就會整個倒過來，出現在地下世界（這一邊）的同一座標上。就是這樣的感覺。

然而，我至今已經遇到了兩次「當我登入的時候，都出現在跟現實世界不同的地點」。

「是因為我是『公主』……非常規的角色嗎？」

這麼一想，好像也滿合理的。

但是，就算立場再怎麼不同，也不會改變公主本身同樣是玩家的事實。既然如此，即使可以想到「備有追加設定」的可能性，但「不適用基本設定」不會很奇怪嗎？還是我想錯了？

…………唔～

「哎呀，真是的，不行了，我想不透。」

只有外表可愛的我放棄思索答案，然後誇張地大嘆一口氣。

不夠，資訊還不夠。這樣的話，應該去跟其他設施的ＮＰＣ接觸看看，而且我也必須去姬百合所說的「武器店」。

不過……這些種種事情似乎延後再辨比較好。

「時間到了」。仔細一看，掛在圖書館外壁上的時鐘已經過十二點了。就算我在班上的存在感再稀薄，要是到了午休時間還死盯著筆記本不放，絕對會引起大家的側目。

「但遺憾的是，我手上沒有『撤退』卡。」

剩下的符咒只有「同調」而已，這樣當然回不去。不過……

「這是互相搶奪的遊戲不是嗎？那就來玩玩吧。」

「久違的感覺」讓我的神經逐漸敏銳了起來。

我知道「封印於過去」的思路正在體內躁動。

對，沒錯，差點忘了——其實我有點會玩這種遊戲呢。

#

離開圖書館後，我前往地圖上標記為湧出源（Spot）的地點。

我一邊留意裙襬，一邊腳步如飛地奔跑著。穿過大馬路，來到流經市公所旁邊的人工河川，發現大橋的正中間有一團柔和的光源。

跟地圖對照了一下，果然沒錯——那就是湧出源。

所謂的湧出源，簡單來說，就是「每經過一段時間，就能得到卡片的特殊地形」。只要在影響範圍內待上三十分鐘，便能隨機得到一張不屬於任何人的（Neutral）卡片。

沒錯，換句話說——

「我！決定從現在開始展開求神保佑作戰，持續不斷地等待『撤退』被排出來，耗上好幾個小時也在所不惜！」

——當然不可能是這樣。

我是料想在這種地方，十之八九能夠「遇到其他參加者」。

我的意識回到眼前。如同我的猜測，有幾道人影站在湧出源的附近，將其包圍了起來。一共六人……不對，好像是七人。他們可能都在警戒著彼此，無一例外地把手放在終端裝置上，擺出備戰姿態。

「呼……準備好了。」

我做了個深呼吸，避免自己受到異樣的氣氛影響，然後踏上了橋。

就在此時，好幾道銳利的目光朝我投射過來。其中各有各的含義，有的人發現我是女生就放心地移開視線，相反地，也有人似乎因此產生興趣，露出帶有下流意味的眼神，有的人則絲毫不放鬆警戒。

我完全不理那些向我投過來的敵意和好奇心，走過橋，立定在湧出源的正前方。

「……」

我靜靜地壓低氣息一陣子，等到周遭警戒降低後，便緩緩地望向四周。從這裡的話，「同調」的效果可以傳遞到任何一個人身上……嗯，就選一開始看到的那傢伙吧。

我點了點頭，鎖定站在旁邊的中年男人為目標。

再一步，就差一步而已。我難看地用腳底蹭著地板，朝那傢伙接近。而這時候……

「唔！」

在兩道身影完全重疊的前一刻，男人猛然回過頭。也許他不知何時已經察覺到了，只見他的嘴巴勾起了不懷好意且好戰的笑容。那雙銳利的眼眸是典型「狩獵者」的眼神。熟悉ＲＯＣ一定程度後，我的遊戲直覺告訴我——這名玩家不好對付。

但是，這樣也「正合我意」。很好，既然如此，我就不用「特地擺出驚訝的表情，演出雙手投降的模樣」了。

「『同調』發動。」

我用銀鈴般的嗓音，宣告自己使用了符咒。

「選擇半徑十公尺以內的一名玩家。你與對方會在一定時間內共享所有的狀態。」——這就是「同調」的效果說明。除了外表與手牌之外，所有資訊、狀態和數值都會統一為同樣的數字。此外，根據那個圖書館員的說法，在處理數值共享時，原則上以「低的那一方」為準。

如此一來，在效果時間中，所有強化系的符咒都會失效。

……雖然是這樣，但真要說的話，也只有這個效果而已。普通情況下，並不是會讓人想積極使用的卡片。比起「加速」那種泛用性符咒，既複雜又不好用，所以一般評價大概也不怎麼高。

如我所料，男人露骨地對我表示鄙視，用鼻子哼了一聲。

「哎呀呀，是『同調』啊？看小妹妹妳不等對手表態就使用了那種垃圾符咒，應該玩ROC沒多久吧？哼，我這麼說是為了妳好，別妨礙我，快走吧。妳如果把手上的所有卡片隨便用掉再離開的話，我還可以放妳一馬！」

「……哦～我問你喔，這是垃圾符咒嗎？」

「啊？不管怎麼看都是吧。用途非常有限，而且統一雙方能力值到底能幹嘛？也有可能適得其反不是嗎！」

「原來是這樣啊……你還沒發現呢，呵呵。大叔，我覺得你沒有玩遊戲的天分喲。」

我極力地，已經可以說是誠心誠意地用撒嬌聲說出「挑釁」的話語。

拙劣到不行的少女演技，甚至也有可能削弱對手的氣勢——但這份擔心是在杞人憂天。那男人的額上早就冒出無數青筋了。

「哦……敢說我沒有玩遊戲的天分？妳這傢伙很有本事嘛，混帳！」

太好了，這大叔很沉不住氣。

男人氣勢洶洶地連聲喝斥完後，就這樣以靈敏的動作蹬上橋的欄杆，一躍而起。在行雲流水般的爭吵當中，他用俐落的動作摸上終端裝置，瞬間就讓武器顯現。只見類似匕首、劍身較短的雙劍在他手中閃耀了一下。

不，所以我就說了。

「大叔你是笨蛋吧？啊～不是，對不起。你應該不是笨蛋？」

我躲掉刺擊，往後退去，在橋上往與剛才相反的方向快速奔跑。

「同調」就是在一定時間內，所有能力值往「下」統一。因此，在「同調」發揮效果的時候，不管他揮舞什麼武器，攻擊力都不會上升。

而且——我明明已經「特地提醒」他了，他卻還沒發現嗎？

對我來說，還有另一個活用「同調」的特點。雖然那真的是偶然下的產物，但也沒理由拒絕不用。

「噯。」

渡過橋後，在一邊閃避斬擊，一邊進入小巷子的時候，我終於開口了。目測彼此的距離約為五公尺，以現在的敏捷值而言，位置關係上是踏一步就能觸及到對手的距離。

——我第一次覺得，外表變了真是太好了。

我此時的表情（得意臉），如果不是美少女的話，想必會非常惹人厭吧。

「我就好心腸地告訴你吧。大叔啊，至少ＨＰ該主動確認一下比較好吧？」

「ＨＰ？哼，還以為妳要說什麼咧。從剛才開始光會慌慌張張地四處逃竄，連一擊都承受不起——咦，什、什麼！妳這傢伙到底對我做了什麼！」

「喝！」

「唔，呿！」

突然焦躁起來的大叔，用猙獰的表情迴避掉我隨意打出去的拳頭。

這是很合情合理的反應。畢竟大叔因為「同調」而跟我共享了能力值，現在ＨＰ只有四十而已。即使是柔弱少女的拳頭，他當然還是要閃躲。

變成這樣後，繼續進行ＰＶＰ對他一點好處都沒有。

「可惡，給我記住啊，臭小鬼！」

男人相當華麗地向後一跳，打算離開這裡。但遺憾的是，這是遊戲。速度與大人還是小孩無關，我的敏捷值與他相同，他沒道理能夠成功逃脫。

也許是在互相追逐中明白了這一點，他的表情徹底扭曲——然後，真的一臉不情願地宣告使用了「那張卡」。

「雖然很浪費，但也沒有辦法……『撤退』發動！」

在宣告的同時，男人瞬間沒了人影。粒子散落，從ＲＯＣ的世界消失。

我看著這幕情景，忍不住在心中比出勝利手勢。

果然如此。他真的有那張卡。這也難怪，畢竟湧出源是戰亂地帶，熟悉ＲＯＣ的玩家不可能沒有任何保險措施就接近那種地方。

接著，「另一個推測」也得到證實——我的視野也開始被黑暗覆蓋。

「太好了，我原本還在想，如果這樣也行不通的話該怎麼辦。」

我放下心中大石，一邊深呼吸，一邊將手置於胸前。好柔軟……不對，我不是故意的。我並不是在享受觸感，咳咳。

——「同調」會複製玩家的狀態。

雖然乍看之下是既複雜又普通的效果，但我認為，實際上使用範圍很廣。

因為，共享的是遊戲上管理的「一切狀態」。

拿HP來舉例，HP為零的狀態，亦即死亡狀態也算是狀態的一種吧。由於這會共享，所以光是使用這一張卡，對手就「沒辦法殺掉」自己。

此外，還有一點。說到玩家狀態，還有其他很重要的東西。

那就是「登入狀態」。

簡單來說，就是玩家是否在登入狀態中。連這種資訊都會共享。因此，「同調」中的對手如果用「撤退」來登出的話，會連同其狀態一起複製，自己也能夠到遊戲外面。

我之所以能被引導到現實世界，就是拜這個機制所賜。

「話雖如此……希望第四節課還沒結束啊。」

♭

「——欸，六花，妳剛才看到了嗎？」

「是的！我看得很清楚。徹底確認過了！」

「吵死了，發出那麼大的聲音會被發現啦。」

「咦咦！太、太過分了吧！剛才不能怪我喔！是弧月你先問，我才回答的耶！弧月你這個笨蛋！沒人性！」

「就說了很吵沒聽到喔……哎呀～我原本想說已經沒必要來湧出源這種地方了，但這還真是意外的收穫。叫做雲居春香啊，雖然沒聽過，但很不錯嘛。」

「弧、弧月，你該不會又那個了吧？跟往常一樣被電到了！」

「對，沒錯，我必須確認看看才行。」

「能不能饒了我啊～！再、再說，弧月你在找的不是男的嗎！那個人不管怎麼看都是女孩子耶！而且超級可愛的！」

「啊？……啊～是嗎？」

「唉唉唉唉唉唉，真的是拿弧月你這男人沒辦法耶。不過，我明明離你這麼近，你卻沒發現我的魅力，看來你實在是塊大木頭啊好痛～！很痛耶，痛死了啦，弧月！」

「我已經說過很多次了吧，六花。不要大叫，閉嘴，吵死人了……我說啊，外貌對我來說根本不重要。」

「啊嗚……意思是？」

「所以說——我呢，不過是想證明自己是最頂尖的罷了。無論雲居春香(那個)是不是我要找的人都無所謂。我就是要跟強者戰鬥，然後獲勝。除此之外的事情全都不值一提。」

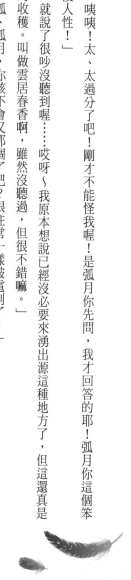

「……啊，那就是兩邊都要打倒對吧……請、請你加油喔，那我差不多也該——」

「幫我。」

「嗚、嗚呀～！果然會變成這樣啊！弧、弧月你這個黑心企業～！」

#

「嗯……」

我的第一個想法，就是覺得非常刺眼。

即使閉著眼睛，光芒也毫不留情地灼燒著視網膜。我厭惡地直接背過臉去，連眼睛都沒睜開，結果有股柔軟的觸感刺激著臉頰。這是什麼？至少不會是我平常在用的枕頭。柔軟滑順又具有彈性，還有溫和的香味將整個身體包覆了起來。

頂級的款待讓我忍不住睜開雙眼。

「啊。」「咦？」

——在彷彿壓在身上般的極近距離之下，我與探頭看過來的雪菜四目相交了。

「～～～～～～！……嗚！」

剎那間，我發出不成聲的尖叫，跟這個樂園隔開了距離。但由於我才剛醒來，腳完全不聽使噢。於是我輕易地踉蹌摔跤，難堪地倒在地上。就在這時，我終於察覺到一件事。

不知不覺中，我已經回到原本的身體了。四肢的感覺截然不同。

「呃……」

我稍作冷靜之後，確認一下周圍的狀況……這裡毫無疑問是現實世界，我人正在高中的本校舍頂樓，除了鐵網和水塔外什麼都沒有，很簡樸的地方。

此外，在太陽曝曬的白色地面（水泥地）上，雪菜不知為何臉色通紅地跪坐在那裡。

「…………喂，我可以問妳一件事嗎？」

「怎、怎麼了？阿凪你主動跟我說話還真是稀奇耶。哎呀，別這樣啦，難得天氣這麼晴朗，要是下雨——」

「妳為什麼跪坐著啊？」

「唔……嗯，啊～呃，這個，就是，你別生氣喔……我讓你睡在我的大腿上了。」

「睡、睡在大腿上！」

我腦子已經一團亂了。原來如此，我直到剛才都把臉埋在雪菜的大腿上啊——我連沉浸在這種感慨的心情都沒有。

到底發生了什麼事才會導致這種局面？我用半瞇的眼神盯著雪菜看，而她則慌張似的舉手無措，然後速度飛快地解釋了起來。

「不、不是的，我知道阿凪你討厭這樣，但我身為你的青梅竹馬，要是放你一個人獨自待在這種地方，不覺得不太好嗎！我這麼想很正常吧，給我說很正常！阿凪你的睡臉簡直可愛到不行，各方面來說都很危險耶！這是緊急措施啦！」

「這又是什麼藉口？話說回來，妳幹嘛把我帶到頂樓這種地方啊？」

「咦？什麼帶你來……你才是到底在說些什麼啊？是阿凪你上課上到一半忽然站起來，哭叫著跑出教室後，衝上樓梯來到這裡的不是嗎？」

「啊……？」

「你、你不記得嗎？那我追過來後，問你『怎麼了？』你也什麼都不告訴我，就坐著不動，之後突然就睡著的事情也不記得嗎？」

「……我……不記得。」

雪菜的眼眸動搖，似乎很擔心，而我只能這麼低聲回道。

——這是什麼意思？我在腦中轉動著思緒。

跟圖書館員所說的不同，我的身體在登入中也能活動？而且還不只是無意志地移動而已。如果盡數採信雪菜的說法的話，簡直就像是「那個我也有自己的意識似的」。

想到這裡的瞬間，「那個想像」彷彿天啟似的降臨了。

「——唔！」

「呀嗚！你、你怎麼了？突然就站了起來。」

「沒什麼……抱歉，雪菜，幫我跟老師說我今天要早退。總之，剛才謝謝妳的幫忙。還有麻煩妳順便幫我做第五節課的筆記，我會很感謝妳！」

「等、等一下啦，阿凪！——你這傢伙該不會真的打算什麼都不解釋吧～！」

雪菜發出近似怒吼的大喊聲，而我把她留在原地，全速奔離了頂樓。

有一件事我必須確認不可。唉，本來的話，我應該一開始就想到這一點才對。然而，這種事誰想得到？這麼離奇的可能性能納入考量嗎？

「呼……！」

我在知道自己會打破喧囂的情況下衝進教室，飛快地往自己的座位前進。從後面數來第二個靠窗的座位。一如記憶，桌上擺著數學筆記。

理應記錄著積分公式的筆記本，不知為何緊密地闔上了。

……不對。

就算闔上這個說法沒有錯，但緊密這個形容不太恰當。筆記本的中間微微鼓起，應該是裡面夾著筆之類的東西吧。

我彷彿受到指引似的碰觸那一頁——然後微微驚呼了一聲。

紙張被連續幾個斗大的水滴沾濕而變皺。

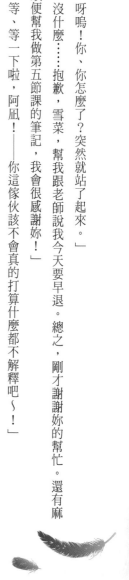

不知是重新寫了好幾次，還是顫抖著手寫下的，黑色筆墨的字跡全都寫得斷斷續續的。

有一段小小的文字，宛如將不安驚慌的心情直接抄寫下來一般，即使是客套話也沒辦法說字寫得很好看，然而卻真切地觸動了我的內心。那段文字如此吶喊道：

『你是誰？能不能幫幫我呢？』

#

回家路上，我一直在思考那個訊息。

『你是誰？能不能幫幫我呢？』

因為淚水與手的顫動而變得一塌糊塗的ＳＯＳ。

寫的人毫無疑問是「垂水夕凪」。但是，那並不是我。

……回想起來，有幾個場面應該能夠察覺到這一點。

首先是在ＲＯＣ中，圖書館員告訴我的有關形成虛擬形象一事。一般來說，虛擬形象會在玩家首次登入時誕生，在這之後，同一個內在就會在兩具身體之間來來去去。

但是，我的情況就不同了。我從一開始就被扔進已準備好的「雲居春香」的身體。那不管怎麼看都不是我的複製品，而是另外一個……換句話說，就是「獨立的」存在。

既然如此，若是假設那具身體裡「本來就有屬於自己的內在」呢？

應該稱為靈魂或是意識吧。如果「雲居春香」的體內也有「那個」的話，我們就會比其他玩家多一個內在。

真是如此的話，那要怎麼辦？——很簡單，「因為身體有兩具」。

也就是說，方法大概是這樣。在我登入ROC的期間，她會以「垂水夕凪」的身分出現在這個現實世界。就像是被擠出去一樣交換彼此的身體。因為一具身體容不下兩個人，所以只能交換了。

雖然這或許是很荒誕無稽的想法……但只要如此假設的話，至今以來的所有矛盾都會得到解決。

之所以登入後會出現在其他地點，是因為身體沒有同步。

之所以再次登入後手牌不一樣了，是因為那段期間雲居春香（另一個人）也正在進行遊戲。

並且——對於上次的強制登入，我也有了截然不同的看法。

沒錯，簡單來說，那可能本來就不是什麼強制登入。

只是雲居春香登出了遊戲而已。

「『公主』……不對，是雲居春香。每一次登入，妳跟我都會互換身體嗎？」

雖然路上似乎有穿著灰色連帽上衣的可疑人士跟我搭話，但因為我忙著想事情（覺得理對方很麻煩），所以沒有特別接觸就回家了。

喀鏘一聲，轉動門把的聲響在無人的家中迴盪著。

無人——沒錯，就是無人。我的爸媽都還在工作，只要「雪菜別打小報告」說我早退（蹺課）的話，就會成為絕不會露餡的完全犯罪。

「……但也不好說，畢竟雪菜和老媽感情好得要命。」

走進二樓的個人房間後，我一邊拋下書包，一邊嘆了口氣。很遺憾地，那個前提似乎並不會成立，我要是不趕快想好藉口的話，之後大概會很慘。

隔著窗戶窺探雪菜的房間後，我搖了搖頭，筆直地走向書桌。

——我必須與雲居春香取得聯繫。

我之所以這麼想，其實是來自很簡單的原因。如果她都不登出，一直進行遊戲的話，那強制登入現象就不會再發生了。

雖然我不認為事情會發展得這麼順利，不過溝通這件事本身應該不會毫無意義。

「而且我也有很多想問她的事情。」

我唰唰唰地揮動奇異筆，在新買的筆記本封面上大大地寫上「非相關人員（尤其是佐佐原雪菜）請勿翻閱！」這樣的注意事項。看到自己寫的一手好字，我不由得點點頭，立刻打開第一頁，轉了轉心愛的原子筆。

首先是簡單的自我介紹，再加上目前掌握住的ＲＯＣ相關資訊。我特別用黃色麥克筆強調「兩人的內在會隨著登入、登出而交換」這件事。雖然還不清楚原因，但也沒有不寫下來的道理。

正題在後面。

『妳是誰？是雲居春香對嗎？如果不是的話，我該怎麼稱呼妳才好？為什麼妳被選為ＲＯＣ的公主？妳到底是什麼人，又為何會跟我站在兩面一體的位置？妳知道多少事情？今後有什麼打算？最終目的想做什麼？想成為什麼？怎樣的結果才是妳希望的？

然後——

為什麼妳在哭？』

「唔唔。」

放下筆後，我有點後悔地瀏覽文章。

糟了。最後一行不管怎麼想都過問太多了。我的做法一直是盡可能不要跟ＲＯＣ扯上關係，就算問這種事情也沒辦法為她做些什麼。

……………不過，算了。都寫了這麼多，事到如今我也懶得重寫了。

「剩下的，就是祈禱我能夠好好讀完了。」

我像是在祈願似的拍了拍手，再次嘗試登入ＲＯＣ。

#

「咿嘻嘻……呼姆。」

我聽到了非常不祥的狀聲詞。

「舔舔……啾。嗯呵呵～原來小春春的耳朵很敏感啊～？還是一樣很可愛呢～讓人好想再多欺負妳一點喲。呼啊……啾。」

視野一片黑暗，什麼都看不到，只有嬌滴滴的妖媚嗓音在極近距離響起。

與此同時，有個濕潤冰涼的觸感撫上右耳。某種東西彷彿在描摹耳朵的形狀一般爬來爬去，甚至開始侵入內部。偶爾夾雜著甜美的吐氣將大腦融化，感覺就像被舌頭愛撫蹂躪……似的……舌頭？舌頭！

「唔！」

脫離登入之際產生的瞬間混亂後，我終於抬起意識清醒的頭。不對，正確來說，是嘗試要抬起來。然而我動不了。我用漸漸習慣黑暗的眼睛看著自己的手，便發現雙手跟某人的手掌以十指緊扣的形式交纏在一起。

不僅如此，肩胛骨一帶還被某種柔軟的東西給緊緊壓著。

而且裙子不知怎地被捲了上來。

從裙子下伸出來的裸腿也被同樣白皙光滑的大腿完全扣住。

然後，從剛才起，後頸就一直傳出感覺會被消音的濕答答水聲。某個壓在我背上的人，「應該說就是半裸的姬百合」帶著甜膩香氣不斷磨蹭，害我就算想爬起身，也是心有餘而力不足……！

「怎……怎麼一回事？」

「啊～小春春妳真是的，我不是叫妳老實一點了嗎～？來，全部交給我就好嘍，會很舒服喲～啾～啵！」

「唔～～～～！」

「咿嘻嘻，身體很誠實嘛。啾、啾、舔舔……呼姆……」

姬百合的右手沿著我的臂膀溜到頸上，我才剛想說有點癢，那隻手就伴隨著意味深長的笑聲轉到了背上。

剎那間——小小的噗呲聲響起，胸部周圍的觸感頓時產生了些改變。

「……不穿會更有感覺喲。」

「呀啊——！」

嬌媚的輕喃聲直接拂過耳膜，我不由得發出像是女孩子的尖叫聲。

舔…

呼
嗯
呼

在這之間，姬百合的右手已經抵達胸前隆起處，隔著薄薄一片的洋裝布料，白皙玉指肉慾地舞動了起來。

「也把妳的衣服脫掉嘍～？」

姬百合這麼說道，而且不等我回答就開始從上方逐一解開鈕釦。

鈕釦一顆顆解開的聲音及包覆住全身的酩酊感，讓我逐漸失去了理性。

……這樣……不也很好嗎？用柔軟的肢體緊貼住我的姬百合，不管由誰來看都是美少女。反正這是遊戲，舒服一下又有什麼關係？

「舔舔……啾。噯，小春春看我，看我這邊～」

姬百合解下長長的雙馬尾，任一頭紅髮傾瀉而下，她發燙的臉龐轉向我，大肆在我身上舔來舔去的唇瓣在黑暗中也濕潤得發亮，彷彿在吸引著我——

「——唔咕。」

在進行人生首次接吻的前一刻，我驀然想起一件事，於是伸出手掌擋在眼前。

是的，沒錯，我差點忘了。暫且不談這只是遊戲，這具身體有自己的主人。如果這是她的初吻的話，她之後會恨我吧？或者應該說，在不曉得的情況下遭到玷汙這種事情，再怎麼說都不可能接受得了吧！

「所以說，妳給我放開！」

「啊，叛逆期模式。咿嘻嘻，剛才那個乖巧可愛的小春春跑去哪兒了呢～？我揉我揉我揉揉揉。」

「噢噢噢噢噢噢噢！就、就叫妳不准揉啦！」

「啊～！這個打從心底厭惡的聲音是怎樣～！真是的～人家受傷了啦。口出惡言的孩子會被懲罰喔～」

「啊？……等等，妳要把臉伸進哪裡……呀啊！」

發出宣言的同時，姬百合改變了身體的方向。接著，她竟然試圖鑽進我捲起的裙子裡。我感覺到純白的薄布要被扯下來了——不過，或許該慶幸她這個舉動可能讓我的某條腦內迴路斷線了。當我下次回過神之際，已經如同色狼對策實踐講座一般，用盡全力從姬百合的魔掌中勉強逃脫了。

「……哼～」

被掙脫開的姬百合一屁股坐在床上，神情不滿地噘著嘴。

像這樣重新面對面之後，只見姬百合大膽地敞開服裝露出黑色內褲，美到足以用妖豔這個詞來形容，而且該怎麼說好呢……沒錯，就是很誘人。

因此，還是處女又或是處男的我，很快且不自然地移開了視線。

「拜託妳——把衣服穿好，我們再來談事情。」

我只能拚命地強裝出威勢。

#

整理好亂掉的頭髮和衣服後，我和姬百合一起離開了那棟建築物。

順道一提，雖然我不想說得太詳細，但那棟建築物就是那個……嗯，反正就是愛情賓館。

「……所以，妳剛才是說什麼？老子……不對，是我用身體換取情報？」

「嗯，沒錯喲。妳真的不記得了嗎～？……啊，我知道了，是我的技巧讓妳不小心忘記的吧～？真是的～怎麼那麼可愛呢～別害羞嘛，直接告訴我不就好了。」

「真的假的……不會吧。」

這種只求當下的生存方式總有一天會身敗名裂啊，雲居春香。

話雖如此——實際上，把卡槽的卡片用光光就登出的我也有責任。雲居春香之所以感到慌張、內心混亂，以至於最後被姬百合給盯上，毫無疑問原因就出在這裡。

所以，就算她面對「乖乖聽話就告訴妳好事情」這種一聽就知道是地雷的誘惑，依舊還是上鉤了，我也沒有怪罪她的權利——

「不過，小春春很抗拒就是了呢。」

「……咦？」

這是怎樣，跟剛才說的不一樣。

「沒有啦～小春春不是很容易害羞嗎～？我想說既然不肯老實地欣然接受，就逼迫不情願的小春春，打算硬上。」

「妳這個強暴魔到底在說些什麼啊！」

「嗯咦？等、等一下啦～小春春妳這樣講很過分耶。我們都是女孩子對吧？可能就像是一夜的錯誤那樣？……對、對不起嘛～！」

姬百合──更正，是真百合彎下了腰，像是在參拜似的「啪」一聲合起雙手。她偶爾會悄悄地抬起視線偷看，但跟我四目相交後，又立刻回到固定位置。

「唉……真是的，妳不可以再硬來了喔。」

我半是傻眼地這麼說完後，姬百合的表情瞬間開朗了起來，雙馬尾隨著不斷點頭的動作而晃動著。看到她的神色後，這次輪到我產生罪惡感了──畢竟「我本身」連生氣的理由都沒有──不過，這也是無可奈何的事情。

即使是「雲居春香」，在這種場面還是會稍微斥責幾句吧。

「不說這個了。」

我打斷煩雜的麻煩思緒，再次抬起頭。

「等價報酬呢？等價報酬！能不能現在就把妳之前提到的『好事情』告訴我？」

「啊，嗯！這個嘛，我看小春春妳好像是ＲＯＣ新手，所以打算傳授妳一些遊玩的訣竅～咿嘻嘻，這可是個大好機會喲。」

「……啊～原來如此。怎麼說呢，沒想到是很正常的報酬。」

我原本已經做好準備，想說她大概會用「好事情？咿嘻，剛才不就做過了嗎～？」這句話打哈哈帶過，但看來是我杞人憂天了。

姬百合端正地將手放在背後，微微偏著頭思索了一下，問道：

「那我先提問嘍，小春春妳知道ＲＯＣ有哪些獲得卡片的方法嗎～？」

「哪些喔……呃，像是湧出源和ＰＶＰ，然後也可以用符咒來搶奪吧……啊，妳之前隨口提到的武器店也可以嗎？」

「哦～很厲害呢，真不愧是小春春，妳還記得呀。沒錯喲～基本上就是這四種方法。」

她點頭的同時，豎起了四根手指。

第一種獲取方法——湧出源，特點在於隨機獲得。會從當下還不屬於任何人的卡片中隨機選出一張，放進玩家的卡槽裡面。

接著是第二種方法——ＰＶＰ，在戰鬥中打掉其他玩家全部ＨＰ的情況。

透過這種方法能夠獲得的，是對戰對象的卡槽中稀有度最高——也就是「存在張數」最少的卡片。無法任意選擇自己想要的卡片。

只不過，勝利條件中的「受詛咒的密鑰」全系列只有一套，而且愈強力的符咒，就會有絕對值愈小的傾向。若想獲得這種取得難度高的卡片，應該就是最合適的方法。在這一點上，跟利用符咒效果來搶奪也沒有太大的不同。

至於剩下的最後一個方法，就是武器店。

根據姬百合的說法——所謂的「武器店」，本來是用卡片交換武器的商店。在使用「實體化」指令後，「武器卡」就能夠作為實際的道具來到卡槽外面，也能夠在任意的時間點變回卡片狀態。而武器店曾是「武器卡」的唯一獲取途徑。

啊，不對，用過去式來講好像很奇怪，武器店現在當然還有這個功能。

但是，武器店還有另一面存在——那就是，作為「卡片交換所」的這一面。

「換句話說……為了交換武器而支付出去的卡片，下次就會變成商品陳列在店裡。那些卡片會根據稀有度分成不同的比率，玩家可以依照比率來交換到想要的卡片，是這樣嗎？」

「嗯，沒錯。泛用符咒是一，稀有符咒是三，受詛咒的密鑰則是十八，就像這樣吧～如果想在ROC戰鬥到最後的話，武器店的存在是不可或缺的。咿嘻嘻，小春春之後也會成為常客吧～」

「…………或許吧。」

對我而言，這種未來藍圖並沒有多令人開心就是了。

姬百合露出無憂無慮的笑容，我則回以模稜兩可的表情，不經意陷入了思考當中。

剛才舉出的四種方法，是因應不同目的的卡片獲取途徑。就像追求品質就利用PVP，想要泛用性高的符咒就去武器店這樣。

不過，若是只考慮到手牌的「張數」，不管哪一種方法都效率很低吧？

PVP的話，舉例來說，如果是合併使用「加速」與「停滯」來取勝，那就只會「損失」一張手牌。使用搶奪系的符咒則不會減少張數。至於武器店的話，雖然要視比率而定，但若是想得到更多卡片，品質也會自動降低。

也就是說，這樣特別容易發生難以為繼的情況。如此一來，糟一點的話搞不好會造成所有人都跑去等湧出源等排出卡片也說不定。

如果變成這樣的話，只能說卡片的供給平衡壞了——

「不對。」

這應該不太可能。如果是一般的爛遊戲就算了，負責營運ROC的可是斯費爾，那個打造多款傳說中的神作，累計擄獲了數十億粉絲的斯費爾。他們不可能會留下缺陷。既然如此——

「……是不是還有另一種，能夠高效率地獲取卡片的方法？」

對於我的推測，姬百合用力點點頭表示肯定。

「用講的很難懂，我直接示範給妳看喲。」

留下這句話後，姬百合就走進賓館消失了，我則用坐立難安的心情等著她。

示範。既然她說要實際示範一次，就表示現在在這裡就能得到某種卡片吧。如果這個增加手牌的方法不用依賴地點與對象，那便確實是攻略ROC時必備的知識。

「不，我明明早就決定不要攻略這個遊戲了。」

我小聲地喃喃自語，然後搖了搖頭。是那個吧，都是因為我太閒了，才會一直冒出奇怪的想法。姬百合怎麼還不回來啊？在愛情賓館正前方心神不寧地等待異性，這種狀況本身對我的精神造成了相當大的傷害耶——

「呀啊啊啊啊啊啊啊啊啊啊啊啊！」

「嗚噢噢噢噢噢噢噢噢噢噢噢噢！」

當我想著這種無聊的事情之際，姬百合就「從上方掉下來」了。

毫無一絲緊迫感的尖叫聲，還有被風壓毫不留情地吹起來的迷你裙。

由於她掉下來的模樣看起來實在太樂在其中了，我還在想：「說不定她有什麼對策？」結果也不是，在一瞬過後，她啪嚓一聲抵達地面——腳也廢了。

糟糕，我完全搞不懂她在幹嘛。

「妳……妳這傢伙是怎樣？不只有百合傾向，還有那方面的興趣嗎？妳是被虐狂嗎？重度的被虐狂嗎？我覺得妳超可怕的，可怕到令人退避三舍耶。」

基本上，姬百合掉下來的距離頂多只有三層樓的高度，只要不擊中要害的話，應該死不了。實際上，她身上也沒有什麼慘不忍睹的傷口。

不過，她的右腳朝不能彎折的方向扭過去了……再說問題也不在這裡。仗著不會死就從賓館窗戶跳下的傢伙，不必多說，絕對有問題。

「討、討厭啦～小春春。」

我對太過突然的奇葩行為感到目瞪口呆，而姬百合則連忙搖了搖手。

「我當然也討厭弄疼自己喔！我、我是說真的喔～！別誤會別誤會，我剛才不是說要示範嗎？……來，妳看著這個？」

姬百合指著的，是裝備在身上的終端裝置的投影畫面(Display)。在玩家資訊的項目，頁面最上方的數值顯示出姬百合因為剛才掉落傷害，導致HP從八百八十減少為七百九十二。

我按照她的指示持續盯著看——直到一分鐘過去。

「……啊。」

忽然間，籠罩著眼前的畫面出現了變化。原本空的卡槽隱隱約約地浮現出一張符咒卡。插圖是類似藥水的藍色液體，上面寫著「恢復」兩字。

「『恢復』發動。」

已經站起來的姬百合這麼唸完後，眼看著稍微變短的HP條開始恢復，花不到幾秒便補滿了。

姬百合看著這一切，然後一臉滿意地點了點頭，關掉終端裝置的視窗。

「嗯，大概就是這樣吧～我稍微補充一下，稀有度低的符咒被設定為有固定的『獲取方法』喔。拿『恢復』來說，就是『在受到掉落傷害的狀態下，不恢復HP並靜待一分鐘』。妳看，是不是很簡單呢～？」

「……原來如此。」

所以說，依據採取的行動可以得到卡片。雖然獲取條件沒有提示很無情，但這種程度的話，的確任何人都會在進行遊戲當中發現。

然後……嗯？不對，等一下。

「『恢復』卡是用來抵銷掉落傷害的吧。這樣的話，不管重複幾次，卡片都不會增加不是嗎？」

「咿嘻嘻，並不是這樣喲～ROC的掉落傷害是按比例計算的，像這種高度的話，要承受的傷害只有最大HP的一成而已。而『恢復』卡會抵掉最大HP三成的傷害。所以啦，只要跳三次，不就會多出兩張了嗎？」

「妳這想法也太天才了……真是的。不過，的確如此，就算沒有本錢也沒關係……咦？若是這樣，只要量產這張卡片，每當卡槽滿了就去武器店換掉的話，再稀有的卡片一樣要多少有多少不是嗎？」

「啊～這個呀～很會想嘛～可是可是，這個辦法是行不通的。因為強力的卡片可是很厲害的喲～所以完全不會有人願意脫手。在所謂的稀有符咒裡面，隨時都有存貨的卡片頂多就是『撤退』卡吧。」

「『撤退』卡……？為什麼啊？那是必備的卡片吧？」

「嗯，話是這麼說沒錯啦——喏，大家不是常常會用到『撤退』卡嗎？卡片用掉後就會回歸不屬於任何人的狀態，之後再從湧出源排出來，對吧～？總之，簡單來說呢，就是『很容易重複』。由於身上不需要放三四張這種卡片，所以大家常常會去武器店換掉。交換比率也很好，滿滿都是好處呢～」

「…………」

反駁完全被封住，我發出微弱的低吟聲，陷入了沉默。

「咿嘻嘻，怎麼樣？有幫到妳嗎？」

……嗯，是我錯了。我不會再把妳當成單純的怪人來看待的，混帳。

夜晚——我一邊奔上賓館的樓梯，一邊想了一下事情。

我旁邊沒有姬百合的身影。就在剛才，她探頭看看手錶，登時驚慌了起來，臨走之際告訴我「某件事情」後，就不知道跑去哪裡了。

下次見嘍——她這麼說道，但我沒有打算要跟她再次見面。

只不過，我實在很在意那件事情，所以我也為求盡快登出遊戲，正著手於收集「撤退」的交換材料。

「……如果……」

來做個假設吧。

如果我就此逃不出ROC的話，我究竟該如何是好？

「殺死公主」——這是這個遊戲的目的。

既然如此，被選派為「公主」的我，再怎麼掙扎也沒辦法通關嗎？只能努力逃離除了自己以外的九十九名參加者嗎？

——我不這麼認為。

的確，自稱是GM的人物在之前的遊戲教學中強調好幾次要「殺死公主」。但是，提出的勝利條件並非如此，那終究只是煽動罷了。

找齊密鑰，放在祭壇上。

讓王的心腹背叛。

然後是殺死公主——GM明確地表示，達成「任一條件」即是勝者。

若是如此，公主也毫無疑問有制勝機會吧。斯費爾在製作遊戲上相當嚴謹，「不會創造出有破綻的故事」。公主所啟動的「緋劍」沒有反過來貫穿自己的道理，公主組建「叛軍」的話，也不可能會造成自己被孤立而走上絕路。

也就是說，以劇本而言，是公主發狂，從內部推翻國家嗎？簡直荒唐得可笑。

「呃，唉，為什麼我會在做這種事情呢……？」

我一邊用手指弄掉黏在臉頰上的頭髮，一邊問著自己。

是的，沒錯，就算沒辦法通關——如果有必要的話，就算現在就在這裡死掉，對我來說也沒有壞處才對。

畢竟我沒有繼續進行遊戲的理由，也「已經」沒有任何想實現的願望了。

既然如此，或許可以朝避免「公主被斬首」這個方向努力？嗯，我確實對雲居春香這個人有點好奇，不能說毫無興趣。

不過，雖說是死掉，ROC終究還是遊戲。

不會真的失去性命，單純是遊戲結束而已……

「——不對……並不是這樣嗎？」

彷彿晴天霹靂一般，我突然停住腳步。

錯了……從前提開始就是大錯特錯。因為對虛擬形象「雲居春香」而言，現實世界的玩家是「垂水夕凪」。沒有可以裝進她的「內在」的容器。

那麼……她在遊戲中死掉的話，究竟代表著什麼呢？

「…………」

……我感到些許寒意。

總之盡快回去吧。看完雲居春香的「回答」後，再來想之後的事情。說不定是斯費爾那邊出了錯，或者垂水夕凪本來真的就是美少女，只是我沒發現罷了。如果是這樣就好了。我可以想出無數個和平的答案。

「──好痛！」

我緊緊抓著這小小的希望，一心一意地不斷踏上窗框往夜空飛去。

♭

『給垂水夕凪先生：

首先，謝謝你回答我的問題。我原本以為不會得到回答，所以真的很高興。另外，很抱歉我弄髒了你的筆記本，我會賠償你的。對不起。

我的名字叫做春風。

啊，那個，我在ＲＯＣ的玩家名稱，就是夕凪先生也知道的雲居春香沒錯。但可以的話，請你稱呼我為春風，我會感到非常開心。

然後，關於我是什麼人這個問題對吧？

夕凪先生知道ＡＩ嗎？

在斯費爾股份有限公司開發出的次世代型人工智能當中，「電腦神姬（Bug Number）」系列被稱為最高傑作，同時也是最大的失敗作。五號機的代號是「春風」。

那就是我。

外表數據的形象是有四分之一英國貴族血統的混血兒。年齡設定在十四歲，身高較矮，頭髮為金色，三圍是77、53、79。很擅長模仿貓叫聲之類的。

抱歉，我離題了。

遊戲中的我，和現實世界（另一邊）的夕凪先生之所以綁定在一起的原因，我也不是很清楚。我是剛才看了筆記本之後才知道有這件事的。

不過，除此之外的問題我倒是知道一點，可以回答你。

請聽我說。

我從一開始，就是被製造來當這個遊戲的「公主」的。

大概一個半月前，我醒來的那一天，ROC就啟動了。所有人都在追我。我好害怕、好害怕，從那之後就一直在逃亡。

我也曾想過要好好努力，試圖靠自己通關，但是行不通。光是想到「公主」的身分外洩就會被殺掉，我的腳就癱軟了下來。已經堅強不起來了。軟弱到自己都覺得很悲傷。

因此，我摀住了耳朵，不去面對可怕的事情。

在避免被發現、被殺掉的情況下活著。就只是活著而已。

可是——

我現在的心跳非常快。

在不久前，我的世界開始產生急遽的變化。像是移動到陌生男人的身體裡，還有來到外面的世界等等，已經讓我既恐慌又極度混亂。之所以會哭，也都是出於這個緣故。如果給你添麻煩了，我很抱歉。

儘管如此，夕凪先生還是回應了我的請求(訊息)，讓我這次因為其他原因而流淚了。

我很開心。感覺到胸口一揪，變得很溫暖。雖然很難為情，不過我還是要誠實說出來。夕凪先生是第一個問我真正的名字的人，也是第一個問我想做什麼的人。

因此，夕凪先生，垂水夕凪先生。

我並沒有被設定想做什麼、想成為什麼這一類的情感。但是，我很害怕。我已經不想再孤零零一個了。所以請你告訴我。

你是願意幫助我的人嗎？你不會討厭我嗎？你願意待在我身邊嗎？

就像這樣，我可以稍微抱有一點點期待嗎？』

#

聽到「咚」的一聲鈍響，我這才發覺自己狠狠揍了牆壁一下。

「哦，這樣啊，原來是這麼一回事啊……混帳東西。」

我用比平常低沉許多的嗓音罵道，然後重新瀏覽一次文章。

——ＡＩ。人工智慧。終於踏進神之領域的最尖端人類科學。

我是知道斯費爾所打造的ＡＩ已達實用水準，並且編入了形形色色的遊戲之中。比如說對戰遊戲的ＣＰＵ，或是戀愛模擬遊戲的攻略對象。這些都因為發達的人工智慧，而能夠展現出格外「具有人性」的行為。

只不過，檯面上的成果終究都是在常識的範圍內。

背地裡，他們創造出無異於人類、擁有「心靈」的ＡＩ，而且分配給ＡＩ的角色還都是「單方面受到獵捕的弱者」，實在無法想像是正常人會做的事情。

意思就是，春風是被創造來擔任ＲＯＣ的「公主」一角的。「從一開始就是為了被殺而生」。而不幸的是，她擁有足以對此心生害怕的智能與感受性，卻沒有一絲一毫可以抵抗殘酷命運的能力。

想必她以往都沒辦法跟其他人合作。

也沒辦法相信任何一個人。

斯費爾就這樣，對春風灌輸了徹底的「孤獨」與「恐懼」。

這是為了什麼？我不知道，也不想知道。但總而言之，名為春風的少女生來就注定要受盡折磨，然後會像一塊破布一樣，用完就被丟棄。

我感到作嘔。地下遊戲「依舊」如此慘無人道。

「可是，我又能怎麼做？」

一直緊咬住的下唇不知何時已經變色了。

期待？她說她在期待？這樣會讓我很困擾。我無法回答，也無力回應，只會感到為難而已。

我明明已經是個廢物了。

但是——忽然間，討厭的記憶一點一滴地慢慢侵入，逐漸占據我的腦海。

對，沒錯。有可能。恐怕如此。一定是這樣。

「我之所以被捲進來──」

「阿凪～？噯，阿凪你在吧～！我說你，快開門啦，好燙喔，快點快點，不然我要燙傷了啦！」

「……雪菜？」

門的另一邊突然傳來吵鬧的聲音，我反射性地將筆記本塞進抽屜裡，然後硬是趕走消沉的思緒。重重響起的敲門聲（該不會是用頭在撞吧）讓我無奈地站起身──喀鏘一聲轉開門把。

「嗚哇！噢、噢！」

如我所料，我才剛轉開門把，額頭通紅的青梅竹馬瞬間就衝了進來。伴隨著輕微的驚呼聲，她腳步不穩地踩了兩三步，好不容易才取回平衡。

接著，她呼出一口氣，轉過身，用不滿的眼神看我。

「真是的，阿凪，開門之前要先告訴人家一聲啦，很危險耶。」

「……誰曉得會有一個笨蛋直接徒手抱著鍋子跑上樓梯啊。」

我用傻眼的表情關上門，重新面向雪菜。

現在是深夜，所以她穿著像是薄睡衣的服裝。顏色是混雜著橘色的暖色系，上面罩著針織外套，還戴了一頂可愛的睡帽，但兩手拿著的鍋子把這一切全毀了。

鍋子。為什麼是鍋子？

「啊，這個嗎？是粥啦，粥。鏘鏘～！」

雪菜一邊自己配著效果音效，一邊把放在茶几上的小鍋子鍋蓋打開。就在此時，騰騰的白色熱氣徐徐擴散，一股溫和的香味刺激著鼻腔。

……奇怪，為什麼我會這麼餓啊？

大概是對我的肚子發出的咕嚕聲感到很滿意吧，只見雪菜非常開心地笑了。

「我聽說嘍。阿凪，你沒有吃晚餐吧？你媽媽一直很擔心，而且你今天早退也讓我有一～點點在意，再加上我剛才從窗戶爬過來一看，發現你趴在書桌上不起來。我就在想，身為青梅竹馬一定要幫助你打起精神才行！」

「所以妳就這麼晚還跑來我家？然後煮了粥？」

「就是這樣！嘿嘿，這種無私奉獻的感覺怎麼樣呀？有沒有愛上我啊？嗯？」

「啊～是是是，雪菜超棒的。」

我一邊敷衍了幾句，一邊往床移動。雖然粥沒辦法填飽肚子，但既然是她特地做的，我就吃吧。這傢伙的廚藝意外很好。

「……咦？」

當我拿起湯匙後，雪菜不知怎地眨了眨那雙大眼睛。

「你……是阿凪沒錯吧？」

「……如果妳想說我看起來像其他東西的話，那我勸妳真的該去醫院檢查腦子了。」

「唔，嘴巴這麼壞的確是阿凪……不過，阿凪你果然身體不舒服對吧？換作是平常的你，不管我為你做什麼，你明明一定會說『妳、妳有什麼企圖！遺產嗎！』之類的，如果免費的話，你絕對不會收下。」

「什麼嘛，原來要收錢喔。多少錢啊？」

「我又不是這個意思。唔……嗯，不過直率是一件好事呢。好，那麼阿凪，把湯匙給我吧？我來餵你，而且不收錢喲！」

「啥、啥啊！妳在說什麼鬼話？我當然可以自己吃——」

「有機可乘～！」

雪菜鼓足勁勢，隨著一聲吆喝，伸出臂膀，從感到動搖的我手上華麗地拿走湯匙，然後得意洋洋地挺起胸。

「真是的，病人就該有病人的樣子，必須乖乖坐著才行喲。尤其阿凪你平常就很愛亂來了……來，張開嘴，啊～」

「——」

我僵住了。但遺憾的是，根據我以往的經驗，當雪菜進入愛管閒事的模式後，不管說什麼都沒有用。這傢伙愈是得意，就會做得愈好。

「……嗯。」

因此，我認命地將臉靠近湯匙，吃下一口，像在舌頭上翻動然後咀嚼——真好吃。米的甜味與鹹度絕妙，感覺不管多少都吃得下去。

接下來的這段時間，我就這樣接受著雪菜的服務。

時光在我們兩人的沉默中緩緩流逝。不過，也許是專心動著嘴巴的緣故，一人份的小鍋子很快就見底了。我的胸口湧上些許依依不捨，陶器與金屬碰撞的清脆聲響更是助長了這種感覺。

雪菜正是在這個時間點開口說道：

「那個……對我是要保密的嗎？」

——我不可能不知道她指的是哪件事。

這是當然的。到現在已經讓雪菜碰巧撞見兩次……不對，是撞見三次「垂水夕凪」的內在變成春風的場面。她是跟我一起度過大半人生的青梅竹馬，要她不感到奇怪才比較強人所難吧。

我微微抬起頭，偷看雪菜的表情。

她看起來很平靜——是強裝平靜的模樣。不過，她其實內心在不安或擔憂吧。不斷玩弄瀏海的習慣完全暴露出她的內心。

她的心情讓我既煩悶又難為情，雖然覺得麻煩，但也很感謝——只不過……

我不能說，不能告訴她。就算這件事有可能被其他人知道，我也有「絕對不能讓雪菜知道的理由」。

所以，我本來應該回她：「妳在講哪件事啊？別說保密了，要是妳以為我什麼事情都會告訴妳的話，那妳可就大錯特錯了喔。」必須用一貫半開玩笑的口氣這麼跟她說才行。

但是——春風的話語一直在我腦中徘徊。

她一直以來都孤零零的，而有能力回應那痛切的ＳＯＳ的人，一定不是我。不過，我知道誰做得到。沒錯，就是人在我面前的雪菜。厚臉皮、毫無顧忌且個性溫柔的她，應該有辦法融解掉些許春風的孤獨吧。因此——

「……萬一……」

「咦？」

「萬一我出現了依賴妳的情形，妳能不能不要問原因，溫柔地對待我就好？詳細狀況我之後會再跟妳解釋——大概吧。」

從客觀的角度來看，這鐵定是個很不要臉的要求。再加上垂水夕凪還自稱不相信人，這種話簡直可以說是前所未有。

實際上，雪菜也感到很錯愕，眼睛睜大了一會兒。

儘管如此——

「……嗯，我知道了。」

她露出略顯落寞的笑容，答應了我的要求。

在稍微超過深夜十二點的時刻。

我盯著熒熒發亮的智慧型手機畫面，感到目瞪口呆。

——姬百合臨走前透露給我的「某件事情」。

大略總結一下，就是這樣的內容。

據說，斯費爾正式發表的遊戲裡面，有一款名為Rule of hunters的社群手遊（通稱ＲＯＨ），其內容跟一部分的ＲＯＣ非常相似。因此，似乎有玩家推測ＲＯＨ和ＲＯＣ之間應該存在著某些關聯。

結果這個推測是正確的。已證實在ＲＯＨ舉辦的「定期活動」中，會一點一滴地公開「ＲＯＣ的攻略資訊」。

而那個定期活動的發布日就是今天。

現在恐怕沒有多少玩家還待在ＲＯＣ裡面吧。大家應該都混進了一般ＲＯＨ使用者當中，拚命地試圖尋找提示。

……不對，好像也沒有到尋找的地步。

畫面上映出的資訊極為簡單。ＡＰＰ內的活動圖示所連接到的地方，是一個可疑的白袍魔法師將訊息浮現在水晶上。

他這麼說道：

『……懷有二心的公主已經遭到你們包圍，無路可逃。這世上沒有任何可供她撤退的途徑。你們用盡一切智謀，將那位公主逼至如此境地。然而，愚蠢的公主似乎尚留有祕密策略。你們必須再次避開無數圈套，以沉睡在城堡裡的祕寶為目標努力奮鬥……』

接下來便開始一連串「感謝您一直以來持續遊玩ＲＯＨ～」的制式公告，我判斷這部分沒有關聯後，就從文章中抬起頭來。

遭到包圍、無處可逃的公主。

我不曉得這個公主為什麼會受到如此粗劣的待遇。不過總而言之，她目前是被追殺的狀態吧。固守城池，最後連逃都沒辦法逃。

不，似乎「並不是這樣」。公主被封鎖的不是「逃走」，而是「撤退」。故意使用這種語意上有微妙差異的詞彙，究竟意圖為何？

撤退——「撤退」——登出。

「『公主沒辦法從ＲＯＣ登出』……！」

將這句話說出口後，更加強烈的焦躁束縛住我的身體。

不妙。這很不妙啊。反過來說，這個提示就是在告訴大家——沒辦法從ROC登出的傢伙就是公主。

「雲居春香」確實沒辦法登出。不，儘管我和春風都可以使用「撤退」，不過只是內在改變而已，「身體一刻都沒有離開過ROC」。

如果只有這樣的話，那還能想辦法掩飾過去……但已經被看到了。

至少，我曾在姬百合面前使用過「撤退」一次。利用「同調」來複製「撤退」的時候，我也一直有感覺到來自某個地方的視線。春風登出時的狀況更無法掌握了，連有幾個目擊者都不知道——！

「唔！」

我反射性地讓手機進入休眠模式，然後再按下電源鍵。必須加緊腳步，得趁還沒太遲之前過去。我一邊勉強按捺住急躁的心情，一邊進入圖形鎖的畫面——

就在這時候，我忽然停住了手。

「又有……什麼關係。」

我臉色蒼白地喃喃說道……春風的境遇的確有值得同情的部分。嗯，如果這是虛構故事的話，我願意聲援一下要去拯救她的主角。

但是，就算這麼說，現實中的我根本束手無策。我沒有能夠保護春風的力量，而且老實說，我甚至覺得就此斬斷關係也不錯。

——然而。

——可是。

『我可以稍微抱有一點點期待嗎？』

那樣的期待又一次地從我腦海中竄過。那是她的懇求。毫無雜質的純粹心靈沒有自覺地差點打垮我。毫不客氣地大肆擾亂著我——

「呃啊啊啊啊啊啊啊啊啊可惡！我知道了啦，只有一下下喔！真是拿妳沒辦法耶，我就再陪妳一小段時間！但妳可別會錯意了，我……我人可沒有好到會相信妳的地步喔！別妄想把事情推給我啦笨——蛋！」

……我姑且先聲明，我並不是因為春風才改變了想法。

只不過，只不過呢……沒錯，要是現在遊戲結束的話，不知道會對我產生什麼影響不是嗎？除非不去理會這個問題，不然我無法放著不管。真的只是這樣而已。

因此，我是顧及自己的情況，要是妳現在死掉的話，我會很困擾。

『——前略　春風：

聽好了，接下來我要暫時借用妳的身體。至於能不能幫妳這一類的問題，很抱歉，我全部保留答案。我現在只能叫妳別懷抱期待……這樣。

妳很害怕周遭的人對吧？

正好有個不錯的傢伙。妳從窗外往隔壁看看吧？是不是有個褐髮的女生？褐髮的。就是她。我先把話說在前頭，現實世界的女高中生和ROC不一樣，不會想拿下妳的首級。順便再告訴妳一句，那傢伙是個笨蛋。又笨又煩又欠缺思慮，而且人還很溫柔，絕對不會想利用妳做其他事情。

所以，當妳寂寞的時候，就試著叫那傢伙吧。妳只要敲一敲牆壁，她就會假裝碰巧地過來這裡。只要不是太超過的要求，我想她應該都會回應妳。

這些就是最多能讓妳做的事情。如果可以的話，希望妳盡可能乖乖待著。寫得很簡略，請多包涵。

啊，我還要補充一件事。

雖然我不介意讓雪菜來照顧妳，但妳絕對不能暴露身分喔。不然她會覺得我的腦子有問題。妳要記得用男性用語說話，像是「咧」還有「啥」之類的。順帶一提，我一直都很完美地代替妳當一個「女孩子」，所以妳放心吧。就這樣，以上。』

#

交換過後，短促的破裂音立刻「唰！」的一聲尖銳地撞上耳膜。

「唔！」

我嬌小的身體嚇得顫動一下，停下邁出去一半的腳，彷彿踉蹌前傾似的停住步伐……以結果而言，我可能該慶幸自己有這麼做。

因為，當我呆立在原地之際，有個發出淡淡光芒的鉛粒以音速從我的眼睛與鼻子前通過。

「——搞什麼嘛，別讓太我失望啊，雲居春香。」

接在子彈之後朝我逼近而來的，是感覺很慵懶的腳步聲與低沉的嗓音。

我直覺性地看過去，發現那裡站著一名年輕男人。

他的體格略瘦，個子很高，將近一百八十公分。身上穿著鮮豔的紅色襯衫，搭配黑色基調的外套，下半身則是破破爛爛的牛仔褲。兩個耳朵被深褐色的短髮覆蓋住一半，只有其中一邊戴著耳環。衣領隨性敞開，露出來的頸部有搖曳火焰的刺青。從這些地方來看，他應該是個排斥性很強、特立獨行的人、

那男人不知出於什麼原因，臉上浮現像是歡喜與不滿並存的複雜表情。

「嗯～」

他一邊用握在右手的手槍用力搔著太陽穴，一邊在思考著什麼的樣子——但似乎很快就得出解答了。他瞬間猙獰地勾起了嘴角。

「嗯，算了。反正我猜錯的話，大不了重找而已嘛！」

「唔！『加速』發動！」

在男人扣下扳機的那一刻，我往旁邊一跳，並發出使用符咒的宣言。敏捷值毫無延遲地上升，讓嬌小的肢體用槍彈般的勁力遠離射擊路徑。轉瞬過後，子彈擊穿柏油路的聲音撼動耳膜。

我因為隔開距離而終於恢復了冷靜，然後用感到莫名其妙的眼神看著男人，問道：

「你這人是怎樣啊？幹嘛突然朝我開槍啊？」

「妳說突然？」

結果，男人秒速回了我一個傻眼與挑釁以一比二的比例混合起來的表情。

「妳在說啥啊，妳的腦子是只能維持三分鐘的記憶喔？我剛才不是還堂堂正正做了自我介紹嗎？」

「哦，是這樣啊？不巧的是，男人的名字我都記不太住呢。可以的話，希望你能轉生成像老子——像我這樣的超級美少女之後，再重新跟我相遇一次呢。」

「再繼續講啊，臭婆娘。」

話音剛落，男人又扣下了扳機。尖銳的開槍聲連續響起，每響一次，我就依靠敏捷值的差距，不斷脫離射擊路徑。

而在第六次的轟響過後——「喀」的一聲，扣下空扳機的聲音迴盪在四周。

「沒子彈了嗎……！」

剩餘彈數為零，重新填裝，出現硬直。面對持槍的敵人，不可能會放過這個「空隙」。我一邊用加速的雙腳削過地面，一邊硬是改變了移動方面。

多虧我上次登出前把大量「恢復」卡拿去武器店交換，我現在手上還留有幾張卡片。分別是「轉移」和「停滯」，然後是武器。

在這當中，稀有度低的符咒「轉移」擁有「讓自己一人瞬移到場域某處」的效果。換句話說，就是緊急逃生用的卡片。

緊急逃生。聽起來真棒。正是我所需要的東西，不過，隨機性太高這一點我覺得很不好。要是在移轉後的地點遇上其他玩家的話，情況會比現在更糟。

可以的話，我希望只用「加速」和武器——這把短刀來應付過去。

「外觀看起來不怎麼靠得住就是了。」

我將實體化的武器拿在手上，發著牢騷的同時，人已經逼近到男人面前。他完全跟不上加速之後的世界。那一臉嫌麻煩地拿出備用彈匣的動作看起來實在太慢，我甚至帶有一絲從容地將他的脖子——

「哈！——『強化＋加速』發動！」

在砍下去的前一刻，他露出凌厲的笑容，並喊出了這句話。我登時有股不好的預感，急忙躲開。

有個黑色塊狀物倏然從我眼前通過。那無庸置疑是九公釐自動手槍，從剛才開始就毫不留情地連發子彈的凶惡手槍……是說，咦？所以說，是這個意思嗎？那傢伙放棄了裝填子彈，只是隨便地舉起槍而已？

照理說，我應該是躲掉了，但他光是這麼做，就發揮出足以略為劃過我的臉頰的威力嗎！

「這是怎樣……就算使用『加速』也跟不上軌道，這是哪來的作弊招數啊？」

我如此斷定著。如果我沒有隨著突如其來的惡寒而傾倒身體的話，我絕對躲不掉剛才的攻擊。壓倒性的速域，這明顯是異常的動作。

儘管如此，男人卻皺起眉頭，一副對我的反應「感到不滿」的模樣。

「什麼作弊……唉～看來我是真的白跑一趟了嗎？哎呀，受不了，我可是好不容易甩掉了六花那傢伙才來到這裡耶。」

「……你在說什麼？」

「啊？又跟妳沒關係，我在自言自語啦，自言自語而已。好了，妳就去現實世界(外面)好好後悔為什麼自己要給我添麻煩吧。」

男人隨意地——但比我的反應速度快上許多——扣下了扳機。

不知是否為心理作用，總覺得竄飛而出的聲音比剛才還要尖銳，停車場一角被打出一個大窟窿。

「唔……！」

——快想點辦法。再這樣下去的話，我真的會死在這裡。

為了切換內在的「迴路」，我撥開惱人的頭髮，將右手放在頸子上。光滑的肌膚已經濕漉漉地冒著汗水。儘管如此還是散發著甜甜的香味，女孩子真是不可思議。

「『強化＋加速』……就是這個。他發動了這種奇怪的符咒，才一口氣顛覆了戰況。」

那種施展方式，簡直就像是把「強化」和「加速」混合在一起，把兩者加起來了。

如同他所說，那並不歸類在作弊，而是存在遊戲中的設計。如果是一種「密技」呢？

舉例來說，會不會跟集換式卡片遊戲(TCG)一樣有「連招」的設定，卡片與卡片之間會產生連攜效果？

「『強化』與『加速』並列的情況下……原來如此，後面唸出的『加速』會得到『強化』的效果嗎？也就是說，第一張的效果會加在第二張上。所以即使同樣都是使用『加速』，他還是遠比我快得多——唔！」

「Bye～」

子彈朝我飛了過來，我將整個身體投往地面躲掉……再一下子，只要再一下子，我應該就能得出解答了。連少許傷害都不到的擦傷沒什麼好在意的。快想吧。仔細想想。你一定辦得到吧？

我手上的符咒只有兩張，一張是降低任意一名玩家敏捷值的「停滯」，另一張是讓自己瞬移到場域某處的「轉移」。

有沒有能夠盡量減少這張手牌的不確定要素，打倒那個流氓的起死回生之法？

「——啊。」

微微低喃的同時，我往下看著自己的手。

有。儘管很難說是十拿九穩，但還是有個成功機率很高的策略。考慮到斯費爾「對遊戲的態度」，如果那個也有反映在ＲＯＣ上的話，我甚至認為這毫無疑問是制勝之道。

只不過，萬一失敗的話，後果將不堪設想。「雲居春香」一定會死亡，而且也無法保證我回得去原本的身體。

但儘管如此——我說啊，垂水夕凪。

連這點程度的落差都跨不過去，你往後還有辦法繼續在ＲＯＣ戰鬥下去嗎？

「當然不可能啊，笨蛋～」

說完，我輕聲一笑，然後再次瞪著視線前方的流氓。彷彿應和一般，男人也抬起了臂膀。他嘴角微勾，露出詭譎的笑容，緊緊盯著我看，然後就這樣無一絲遲疑地開槍——之前，我毅然決然地發出宣言：

「『停滯＋轉移』發動！」

「……啊？」

詭譎的笑容僵住了。

剎那間，我的身體突然消失，躲掉了子彈，轉瞬過後又出現在男人的背後。

取得絕佳的位置。出其不意的完美轉移。

——以策略而言，就是這樣的感覺吧。

「轉移」本來會完全隨機性地讓自己移動到場域上的「某處」。

這裡的關鍵在於連攜（combo）效果。沒錯，舉例來說，如果「停滯」的效果加在「轉移」上會怎麼樣？是不是對自己施展的「停滯」會限制住移動範圍，而轉移地點變成只有「眼前」而已？

當然，這種事情單純是我的推測，沒有任何確切的證明。

儘管如此，我之所以還是決定實行這個方法，是因為「停滯」的效果說明讓我覺得有哪裡不太對勁。指定一名玩家降低其敏捷值——這顯然是減益效果，卻沒有設限對象只能是其他玩家。

換句話說，也可以對自己使用。

這是巧合？偶然？還是誤植之類的嗎？不可能，這可是斯費爾的遊戲。

他們對遊戲敢作敢為，不管會出現什麼樣的結果，他們都要加強遊戲的氣勢。

既然如此，從娛樂性的角度來思考，對自己使用了「停滯」之後，一定會產生有趣的連攜效果吧？

「——啊！」

我從後方抬頭看著對方高瘦的身軀，並奮力地揮起右手的短刀。這是幾乎迴避不了的斬擊。輝映著月光的刀刃，毫不遲疑地朝男人的脖子砍下。

然而……

「痛死了啊，喂。」

低沉的嗓音令我渾身一悚。

我驚愕地睜大眼睛，映入視野的，是猶如「惡夢」一般——不對，應該不是猶如，而是真正的惡夢。脖子遭到凶刃攻擊後倒在地上的男人，卻在「不到數秒之間便站了起來」，這確實是惡夢沒錯。

「騙人的吧……遭到剛才那一擊還死不了，你是怪物嗎？」

「哈！很不湊巧，我的ＨＰ和防禦的配點很高呢。不過，該痛的還是會痛嘛，血都滴答滴答流個不停呢，真可笑。」

男人打從心底感到愉快似的捧住肚子，短時間內不斷露出猙獰的笑容。

接著，在笑意平復下來後，他那雙鮮血濡濕的紅色眼眸閃過精光，狠狠地瞪著我。

「果然啊，果然沒錯，確實如我所料。哈！真是吊足了我的胃口啊，這筆帳你要怎麼償還我呢？——我找你好久了，知道嗎，『垂水夕凪』？」

「你……怎麼會……知道……」

我勉強擠出的嗓音明顯地正在顫抖。

這傢伙在說什麼？不對，是「他知道些什麼」？為什麼看到我這副模樣還知道我是垂水夕凪？話說這傢伙到底是誰啊？從語氣可以聽出他認識我，但我對這種傢伙又沒什麼印象——

「如果你不記得的話，我就只告訴你一次。這可是大優待喔，我現在心情很好。」

男人打斷我混亂的思緒，動作誇張地猛然大張雙臂。

「我的名字叫做十六夜弧月……怎麼，還想不起來嗎？喂喂喂，你這傢伙太無情了吧。本大爺就是在四年前的遊戲裡被你完全打敗的天才遊戲玩家十六夜弧月啊！」

「——」

我只是一直盯著這個露出犬齒大聲吠叫的男人——十六夜弧月。

「痛苦的記憶」彷彿呼應一般浮現上來，我在腦中勾勒著當時的一幕幕情景。

四年前的冬天，有一陣子感覺氣溫特別低。

當時就讀國中一年級的我，參加了斯費爾舉辦的地下遊戲。

我並非被牽連才參加的。我逐一試探在網路上暗示自己有「參加權」的人們，找到一對覺得「那個東西」很可怕而想脫手的老夫婦，用非常便宜的價格買了下來。

我就是如此拚命。

我深深相信，只剩這個方法能夠實現我的「願望」。

所以，我心無雜念地投入遊戲當中——似乎「只花一個星期就通關」了。

之所以說「似乎」，是因為這部分的記憶很模糊。感覺整體都被朦朧的濾鏡給覆蓋住，無法清晰地回想起情景。

這恐怕是我自己的防衛機制造成的吧。

我的願望確實因為這個遊戲而實現了。我到現在仍舊很感謝這一點。

只不過，付出的代價也絕對不算小。

當時舉辦的地下遊戲，遠比ＲＯＣ還要更加惡質。在系統上，只有徹徹底底地「不相信」其他玩家的人，才能一路過關斬將勝出。必須對自己以外的一切事物抱持懷疑，並具備能夠踹落他人，將其欺騙、殺害、掩埋的氣魄。

持續接觸這種過於殘酷的冷血行為之下，我的精神很快地就被擊潰了。

可能是我太脆弱了。真要說的話，我的個性本來就屬於比較單純天真的那一類，所以要應對這個遊戲的話，除了從人格部分開始改變以外別無他法。

這個嘗試非常成功，我贏得了光榮的勝利。

遊戲管理員朝這樣的我拍了拍手，讚賞道：

『真是厲害。』

『你是真正地、決定性地脫離了人生的正軌呢。』

『沒錯，這樣是正確的。這才是這個遊戲唯一的通關方法——恭喜你。』

#

「哈！」

十六夜用手槍輕輕敲了敲肩膀，大肆展露抑制不住的笑容。

看到他的模樣，我想起來了。在過去的遊戲中，好像確實是有這麼一個傢伙存在。只不過，當時他並沒有穿成這副世紀末風格的德性，頭髮也是黑的。

這樣就要我認出他還比較強人所難。

我這麼回答後，十六夜一臉不解地歪起頭。

「啥？不是啊，外表怎樣都無所謂吧，用遊戲技術來判斷不就好了。」

「……誰像你一樣滿腦子都是遊戲啊，小心老子痛扁你一頓。」

「是說，為啥你打扮成女孩子的模樣啊？哈，難不成是興趣？真可笑。」

「我真的會揍扁你喲，混帳。」

我的額頭處浮現青筋，但身為美少女的我，還是惹人憐愛地這麼回道。

話說回來，這傢伙就是當時那個變態吧，明明難得有機會參加地下遊戲，卻公然放話說「我不需要什麼報酬」，誇口表示自己只是來這裡找強者戰鬥。

……而過去的我，戰勝了十六夜。

所以，這種情況，就是遇上了糾纏不休的惡劣跟蹤狂嗎？

「不過，我剛才也說過了，外表怎樣都無所謂啦。」

十六夜的嘴角勾起一抹扭曲的弧度，猛然朝天空射出一發子彈。

「你就是夕凪，這一點我可以保證——喂，我們來進行當時的後續吧。對戰計分你是一，我是零。贏了就跑不是什麼光彩的事情吧？很遜對吧！」

「……不巧的是，我現在這身體只要可愛就夠了。」

「問題不在外表，而是作風。哈，我可是從那之後就不斷參加地下遊戲，一直在找你啊。這回是我贏了。」

冒著薄煙的槍口這次指向我。

我緊盯著槍口，藉此牽制對方的行動——腦中某個角落卻很清楚。這個狀況幾乎是「走投無路」了。

剛才的奇襲是名副其實僅存的最後手段。既然那個攻擊被防守住了，我現在就只剩下一張武器卡而已。這樣一來，我連逃都逃不了。

既然如此，要輸嗎？在這裡？即使這樣一切就結束了也沒關係嗎？

「唔……！」

有如最後的掙扎一般，我邁出了腳步，卻跟過去在遊戲中的時候截然不同，輕易地踉蹌起來，導致嬌小的身體摔向地面。

啊，原來如此，果然沒錯。對不起，春風，我沒有辦法幫助妳。

某種意義上看開的同時，我就這樣閉著眼睛等待中彈的那一瞬間——

「——你你你你你你你你你在做什麼啊弧月！」

形勢一變。有個少女以驚人的氣勢從另一邊衝過來，立刻朝十六夜直直地猛撲過去，我因為這樣而勉強算是得救了。

十六夜用一隻手擋住那個少女的頭，看起來打從心底感到厭煩似的嘆了口氣。

「唉……六花，為什麼妳在這裡啊？妳難道是躲掉那個圈套才來的？」

「什麼圈套啊？只不過是塞了些零用錢給我，然後把我丟在電子遊樂場而已，別以為這樣就能爭取到時間好嗎！我對你超～失望的！」

「好玩嗎？」

「好玩！弧月你快看，這個布娃娃我一次就——不是啦！弧月你受傷了耶！血一直從你的脖子滴下來喔！你怎麼不包紮一下啊，是笨蛋嗎！」

「啊～真是有夠吵的，吵死人了。」

「啊，好痛！你、你太過分了，人家可是在擔心你耶！」

「我就說了——唉，跟妳說什麼大概都沒用吧。」

「你、你是在嘆什麼氣啊～！」

十六夜完全不把少女可愛的抗議聲放在心上，一臉無趣地操作終端裝置讓槍消失之後——竟然「背過身去」，而且抬起了一隻手。

我僵在原地，無法理解他這麼做的用意，而他則懶洋洋地隨口說道：

「真是掃興，我回去了。不過，我玩得還算開心喔，夕凪。你是第一個能在這個遊戲攻擊到我的人。留待下次有機會再做個了斷吧。那就再見啦。」

「慢、慢著——！」

「啊？你沒聽到嗎？我說我要回去了。跟現在的你戰鬥也沒什麼意思。不過，現在就讓你退出這遊戲是滿可惜的……我可以給你時間，你就盡量去研究能夠取悅我的計策吧。」

「唔…………」

把陷入沉默的我拋下不管後，兩個人的腳步聲逐漸遠去。我這次沒能阻止他，也沒打算這麼做。

慈悲——不對，那是一時興起。十六夜弧月讓我輸得體無完膚，結果因為沒來由的憐憫，並未給我致命的一擊。悔恨的念頭在我腦中慢慢擴散，不知何時我已經握緊了雙手的拳頭。

「……可惡。」

我就這樣躺在柏油路上，用手背胡亂擦掉臉頰上不知是汗水還是淚水的水珠。

#

「啊～真是的，原來小春春在這種地方呀。人家聯絡妳好幾次了，妳都不理人家，很過分耶～」

當我躲在停車場角落調整氣息時，背後傳來了如此悠哉的嗓音。

「……姬百合。」

我一邊用僵硬的口氣回應，一邊站起身來。的確，要求聯絡許可的通知從剛才開始就響個不停。我也知道那是來自姬百合的通話。

——就是因為這樣，我才躲起來免得被她找到。

「別再靠過來了，我是說真的喔。」

我警戒著對方舉手投足的每個動作，並靜悄悄地貼著地面往後退去。對此，姬百合只是微微歪頭，然後就這樣輕快地一跳，縮短與我之間的距離。

「咿嘻嘻，玩捉迷藏嗎？我不會輸的喲～」

「停止妳那刻意的演技……姬百合，妳也是來殺『雲居春香（我）』的吧？」

「咦咦！說、說什麼殺啦，為什麼我非得放棄小春春綿軟的……不對，是為什麼我非得殺掉小春春不可呢～？因為音樂性不同？還是一時起惡念？」（註：「音樂性不同」為日本樂團解散或團員退出時常用的官方說法）

「妳問為什麼……」

我不由得語塞。我從剛才開始就一直注視著姬百合的表情，但她臉上寫滿了困惑，感覺不像是故意在裝傻。嗯……？

「等、等一下，妳沒有在懷疑我是公主嗎？」

「怎麼又說那種話。咦？小春春是公主嗎？」

「不是——我不是。咦？」

我感到不知所措，姬百合跟我好像在雞同鴨講。

「……妳有看過ＲＯＨ的活動資訊了吧？上面說公主沒辦法登出。」

「嗯，我當然知道呀～」

「我之前使用『撤退』卡的時候，妳就在我面前對吧？」

「沒有呀。」

「……沒有？咦，不對吧，妳的確在啊。因為妳告訴我符咒的使用方法後，我就……」

「可是小春春妳在登出之前，就一溜煙地從我眼前逃走了不是嗎？」

「——咦？」

「嗯嗯，我懂喲～『撤退』卡通常不會在別人面前使用，畢竟破綻太多了嘛，我也不會這麼做的。所以我不會因為這樣就懷疑妳喲，小春春妳呀，其實很愛瞎操心對吧～？」

……我在使用「撤退」之前逃走了？

不對，不可能有這種事情。我回想了好幾次，當時確實是當著姬百合的面發動符咒——沒錯，記得我「小聲地」唸了出來。

「…………」

比如說……比如說姬百合沒有聽到，而換完身體後的春風因為心慌意亂就逃走了？然後姬百合當作那是使用「撤退」時的正常反應，所以沒有追上去？啊，若是這樣或許就說得通了……

「是……這樣嗎……抱歉，剛才那些妳都忘了吧。剛結束PVP，我的情緒很焦躁。」

「嗯，不要緊，這是人之常情嘛。」

姬百合並沒有對我生氣，而是一如既往地「咿嘻嘻」笑了。她喀喀地踩著鞋子走了過來，從下方抬頭窺探似的注視著我。

「可是呀，畢竟是這種遊戲，找個夥伴應該沒關係吧～？」

「…………誰曉得。」

我冷淡地嘀咕完的瞬間就被姬百合緊緊抱住，她憐愛地不停蹭著我的臉頰。光滑的肌膚與頭髮的香味一齊襲來，我的腦子好像快融化了。感覺她正在用身體如實訴說出今後也要繼續纏著我的宣言。

嗯……不過，應該沒問題吧。

我一邊任她磨蹭，一邊思考著。這樣一來，當前的危機暫且離去了。那麼，現在本來就應該如同我告訴春風的，儘管消極，但還是要以攻略ROC為目標。既然如此，多個幫手也不是什麼壞事。

慶幸的是，相較於其他傢伙，姬百合多少還值得信任——

「啾！」

「妳幹嘛趁亂偷親我啊！」

「嗯～？咿嘻嘻，我親的是臉頰啦，臉頰沒關係。」

「拜託妳不要一邊這麼說，一邊還把手伸到大腿——喂！」

面對不斷趁亂性騷擾的姬百合，金髮美少女——更正，是我用盡全力壓制住她。

……太過信任這傢伙可能還是很危險。

主要是對我的貞操而言。

「玩家名稱：雲居春香。

『受詛咒的密鑰』收集狀況：0。『叛軍』集結狀況：0。

狀況：攻略開始（start）。」

再次自我介紹，我是春風。
首先，請讓我正式向你道謝。
還有我也必須反省。那個，其實，我本來覺得如果可以的話，盡可能想不見到夕凪先生介紹的那位「褐髮」女生。我一直很猶豫要不要去找她。
不過，你知道嗎？
當我趴在床上的時候，雪菜小姐竟然從窗戶跳進來了！
而且，她眼睛分明不斷在游移，卻用鎮定的語氣說：「怎、怎麼了，阿凪？我是碰巧路過啦。」耶嘿嘿，比起驚訝，我倒是先笑出來了。明明跟她是初次見面，我卻在一瞬間喜歡上她了。
這一切的一切，全都是夕凪先生的功勞。
雖然你嚴格命令我不要懷抱期待……但是，我已經幸福到覺得自己擁有太多了。
然後還有Ｐ．Ｓ。
垂水夕凪先生。
……你、你的名字該怎麼讀才好呢？可以的話，希望你能回答我。

啊～抱歉，讀音是「Tarumi Yuunagi」。
總而言之，我只明白了一件事，就是妳的視線蒙上了厚厚的一層濾鏡。我什麼都還沒有做，也不知道接下來能做什麼。
不過，我會繼續陪妳寫交換日記啦，可能會回覆得比較慢就是了。

Aa

第三章　惡意

CROSS CONNECT

#

沿著道路北上之後，我們發現了一間家庭餐廳。

店內空蕩蕩的，但也不是說都沒有人在，ＮＰＣ店員臉上掛著ＮＰＣ慣有的服務業笑容，用ＮＰＣ式的手法將我們帶到座位上。

我們決定在自助飲料吧的陪伴下，稍微奢侈地展開作戰會議。

「欸，姬百合，我假設一下喔——唔，好苦！咖啡好苦！」

「嗚、嗚哇，小春春小春春，就算只有我看到而已，但妳畢竟還是女孩子吧～？露出那種表情不太好喲。」

「咖、咖啡竟然這麼苦喔，喜歡喝這種東西的傢伙是不是腦子有問題啊？」

「不僅嘴巴壞，還惱羞成怒。」

「真是的……好苦……」

我從來沒這麼痛恨過幾乎完美重現出五感的ＲＯＣ。姬百合這傢伙，說什麼解解睏，如果妳沒慫恿我的話，我絕對不會喝咖啡這種東西耶。

「咿嘻嘻，抱歉、抱歉啦。」

姬百合雙手在胸前微微合起，歪著頭，似乎是想道歉的意思。

「我實在沒想到小春春是這麼重度的甜食派呢。」

「為什麼啊？外表看起來不就甜甜軟軟的嗎？」

「自己這麼說的地方很棒呢～小春春真的太可愛了啦～嗯，那麼，要不要跟我的柳橙汁交換～？現在可是有附送吸管喲！」

姬百合用力把玻璃杯推出來。

貫穿橙色水面的，是她從剛才開始不斷啾啾吸著的吸管。彷彿跟隨引力一般，我的視線轉向姬百合的嘴唇。

「……咿嘻嘻。」

是陷阱。不管怎麼看，這都是百合的百合為了百合的狡猾陷阱。

「不，不用了，我喝得下。機會難得，我就把這杯黑咖啡——咳咳、咳咳！」

「妳看妳～不要那麼慌張，很危險的～來，放輕鬆。」

「咳咳，我、我知道。呃咳咳！」

「……妳完全沒在放鬆嘛～」

姬百合微微苦笑，站起身繞到我背後，然後動作溫柔地撫摸著我的背。紊亂的呼吸終於因此平復下來了。

我又咳一聲，清清喉嚨。

「言歸正傳吧。姬百合，我做個比較消極一點的假設──如果想將ROC破關的話，妳認為哪個條件是能夠在最短時間內攻略成功的？」

「當然是抓到『公主』給她個痛快嘍！」

「未、未免答得太快了吧……不過是很妥當啦。但妳忘了嗎？所謂的『最短時間』，也要包含找到『公主』所花費的時間在內。」

「這樣喔～嗯，那我想～應該是『密鑰』最快吧。」

早已喝完第二杯柳橙汁的姬百合，沒怎麼煩惱過便這麼答道。

「如果說尋找提示很麻煩的話，那『王的心腹』也是一樣的嘛。就這一點來說，密鑰是確實在玩家之間流通的，不過是沒有集中在同一個人身上罷了，如果只是要跟別人搶的話，並沒有那麼困難喲～」

「是這樣喔？那麼，大家之所以都沒能收集到全部的密鑰是……」

「嗯嗯，就是這麼一回事。畢竟叫做『受詛咒的密鑰』嘛～那一系列的五張卡片全部都有

『類似腳鐐』的效果喔。拿到愈多張愈麻煩，而且『卡槽空間也會受到壓縮』。」

「——在PVP中輸掉的機率會變高。啊，確實如此，也要考慮到這一點。」

我將手放在嘴巴上，沉吟了起來。原來是這樣，儘管密鑰是勝利條件，但也是卡片的一種。因為要收集五張，最後剩餘的卡槽空間只有兩格而已，當「靶子」正好。

……但就算這樣，該走的道路還是很明確，也因此攻略起來應該多少容易一點。

「欸，所謂的減益效果，妳知道有哪幾個嗎？」

「唔，我只知道一個喲～小春春，妳把終端裝置叫出來看看？」

姬百合探出身體，我依照她的指示，把終端裝置的畫面投影在眼前，接著按下「地圖」的圖示。

我看往優美的手指所指著的地點，發現那裡有白光正在閃爍著。

「這是什麼？」

「咿嘻嘻，這個呀，是密鑰卡『惡性的追跡』的持有者的所在地喲。接著再觸碰這個點的話……」

「『加速』、『撤退』、『復活』、『監察』以及十字弓……咦，這是怎樣？該不會所在地和手牌會洩漏給所有玩家吧？」

「就是這樣喲。」

姬百合俏皮地豎起食指。

「光看就很恐怖對吧？雖然不清楚其他卡片是怎樣，但這張絕對要最後再拿才行。在持有『惡性的追跡』的情況下聽牌的話，鐵定會遭到所有參加者襲擊～」

「我想也是……希望沒有其他必須最後再拿的卡片就好了。」

話是這麼說，但在這裡想破頭也想不出個所以然來。以當前來看，去收集「惡性的追跡」以外的密鑰系列卡片似乎是個不錯的方向。

姬百合點了點頭，就這樣猛然站起身，小小地伸了一個懶腰。

「唔～～噢。咿嘻嘻，那麼小春春，我們差不多該出發了吧？」

於是，暫時站在同一陣線的兩人的ROC攻略，便在此揭開序幕。

#

「聽說持有一張密鑰系列卡片的玩家正在小學的操場上。對方似乎是刻意到處宣傳自己的所在地，並設下圈套守株待兔」——為了賺取足以買下這種情報的等值代價，能想像到我跳了幾次樓嗎？

三次？不，太少了。十次？還遠遠不夠。

——答案是，總共二十八次。

「這絕對是詐欺吧……」

我摸著差不多該產生幻痛的腳，用想不通的表情喃喃說道。

那個冷血圖書館員竟然一邊露出冷笑，一邊漫天開價說：「準備七張稀有等級的卡片，我就告訴你這條消息。」哪有人這樣的啊？再誇張也該有個限度。

「好、好了啦～責怪圖書館員也沒用呀，小春春。再說，不斷從大樓窗戶跳下來的美少女很有都市傳說的感覺，不覺得很棒嗎？令人心怦怦跳呢～」

「心怦怦跳個頭啦……明明就很恐怖。」

姬百合的感性依舊有些偏差。

只不過，「責怪圖書館員也沒用」這一句話確實很中肯。雖然更準確點來說，是「就算責怪圖書館員八成也會被駁倒」，但就不計較這種小細節了。由於往返武器店和賓館好幾次的緣故，我還得到了一點附帶收穫，而且一直心浮氣躁實在太沒有美少女該有的樣子了。

因此，我決定再一次地在腦中整理買來的情報。

放出大家都想要的「密鑰」消息，藉此狩獵未加提防就跑來的玩家——「那傢伙」在進行的，就是這種類似「誘捕」的玩法。那本身並不是多麼異想天開的手段。

不過，是怎麼做到的？面對那些企圖搶奪密鑰且有備而來的其他玩家，該如何才能保持常

勝，持續進行狩獵？

「……總之先偵查看看吧，我們往學校前進。」

才剛抵達操場，一道尖銳的女聲就狠狠地撞上耳膜。

「你們兩個——該不會是想要『巨大的束縛』吧！喂，我說的沒錯吧！你們會接收吧？我終於等到你們了！實在感激不盡，你們想要什麼謝禮我都願意給！求求你們把它拿走吧！」

現在已經是黎明時分，披著橘色薄紗的夜空中，浮現出又亮又大的晨星。

在描繪出橢圓形跑道的白線中央，有一名女性看著我們這邊，眼中充滿水光。

「我好高興！我等了好久好久了。快點來救我呀！」

近似尖叫的懇求不斷迴響著。

仔細一看，她身上襯衫的右肩部位悽慘地遭到撕裂，本來藏住的肌膚暴露了出來。也能看出那雙髒兮兮的裸腿正在微微顫抖著。

「…………」

「怎麼啦，小春春？看妳一臉難以言喻的表情，咿嘻，難道是起慾念了？」

「我又不是妳……我說妳啊，做人再怎麼不正經也該有個限度吧。看到人家那副模樣，妳最先想到的詞彙竟然是慾念，不如說已經到可怕的程度了。」

「什麼，真沒禮貌！我才沒有看女性受虐的喜好呢，我反對暴力喔～」

「是喔，那姬百合我問妳，妳覺得那傢伙怎麼樣？」

「嗯～很可愛呀……不是啦，我覺得她很可憐喔。」

「妳講出真心話了耶。」

妳的癖好究竟要突破極限到什麼地步才甘心啊？……再說——

「可憐？不是吧，哪裡可憐？這百分之兩百絕對鐵定是陷阱。怎麼可能會有人把一切都託付給素不相識的陌生人啊，給我滾回幼稚園重新來過啦。」

「喔～真是自暴自棄的思考迴路。」

「不過……那傢伙的目的是什麼？」

我稍微壓低語調，決定重新開始觀察狀況。

儘管那女的從剛才起就一直向我發出撒嬌聲，卻沒有要離開原地的跡象。除此之外，她還有提到「巨大的束縛」這個字眼。

束縛。也就是說，有什麼無法移動那一類的減益效果嗎？

這麼一想，便能推測出凌亂的衣衫與汙穢的肌膚——簡單來說，她所受到的所有傷害都還留在身上的原因，就是在於她沒辦法去籌措「恢復」和「撤退」等卡片。

「……但真是如此嗎？」

又冒出另一個疑問。沒有應對手段的無法移動效果？以一張卡片來說，這種減益效果未免太大了，甚至可以斷定說不可能會有這種事情。

這樣一來，她就不是身體遭到束縛，而是單純在假裝自己動彈不得而已，也就是故弄玄虛。她必須這麼做以求得勝利。

那麼，該怎麼做才能通往勝利？

……舉例來說，假設我信了她的胡言亂語好了。

她無法離開原地，想要將密鑰脫手。但由於ROC的遊戲設計，「不能轉讓或交易卡片」。因此只能在PVP中打倒她。

不過，我對這個方法實在很抗拒，並不是出於倫理道德面子等因素，而是我預計會遭到反擊。可以的話，我想採取保險一點的策略，也就是利用遠距離武器或符咒來奪取。

而且——我現在的手牌中，存在著「某張王牌」。

之前有提到，我在賺取要付給圖書館員的等值代價時，偶然間得到了「附帶收穫」。那是效果說明為「指定一名視野內的玩家，將其卡槽中稀有度最高的卡片移動到自己的卡槽裡」的超稀有符咒「搶奪」。

使用這個的話，理應馬上就能奪走「巨大的束縛」，只不過……

「……不可能。這樣有點太順利了。」

如果憑一張「搶奪」就被推翻戰局，這種作戰就不能稱為作戰了。再說，就算她被「搶奪」後還有透過PVP戰勝的方法，也只會造成「巨大的束縛」在兩人之間來來去去而已，對她一點好處都沒有。

「但既然如此，那傢伙到底想幹嘛……？」

我盯著虛空，進一步地潛入思緒深處。

「搶奪」。不管怎麼想，她最該警戒的果然還是「搶奪」，這是最虧的交換。那麼，對上「搶奪」的答案是什麼？對策是什麼？——我不知道。

這不只是因為我還沒有徹底摸透ROC卡片的一切，也因為真的有那種符咒的話，反正也是「用完就丟」，不適合持續性的狩獵。

不對……或許，那是「不管使用幾次都能回收的卡片」？

但這麼一來，該不會是……

「怎麼了！快一點過來嘛，我冷到受不了了啦！拜託救救我！」

——哦，原來如此。「所以」妳才會用效率這麼差的方式在狩獵嗎？

儘管我不能理解，但還是稍微能夠接受，並用單手啟動終端裝置，卡槽流暢地展開投影。在一字排開的「加速」、「停滯」、「強化」以及「轉移」等熟悉的泛用符咒當中，我毫不猶豫地選擇了那張卡片。

「『搶奪』發動。」

在發出宣言的同時，卡片倏地變淡，逐漸從手牌中消失。

一瞬過後，那張無庸置疑是勝利條件之一的「巨大的束縛」——並沒有進入我的手牌裡。

「呵呵呵、呵呵呵呵呵呵呵呵呵呵呵呵呵呵呵呵呵呵！」

頃刻間，垂下視線的我，聽到了歡喜得發狂的刺耳笑聲。在我宣告使用「搶奪」卡後，那女的好像幾乎在同時間蹬地而起。她的速度驚人，表明遭到束縛都是假象，並以荒唐的舉動朝我接近。

她手上握著的，是一把沾染鮮血的大鐮刀。

專為收割性命強化過的彎刀，一邊反射著朝霞，一邊瞄準我的脖子攻來。

「呀啊啊啊啊啊啊啊！」

一聲尖叫，或者說是狂躁的歡呼聲。那女的臉上掛著令人毛骨悚然的笑容，就這樣揮下雙臂。

這記卯足全力的斬擊——連我的身體都碰不到。

「……哎呀，其實呢，我是很想用新招之類的解決掉妳啦。」

「唔！」

「但遺憾的是，對付妳一個人，這樣就很足夠了。」

前一刻利用「停滯＋轉移」移動到她身後的我，緩慢地拔出深深插進她脖子裡的短刀。她的ＨＰ條隨著華麗的效果顯示出來，一口氣降落到零，如同字面意思的即死連攜效果。

「啊——」

那女的在面露錯愕之色的情況下，飄然化為粒子消融而去。

「嗳嗳～小春春，妳剛才是怎麼做到的呀？」

「嗚噢！」

我在確認終端裝置的時候，姬百合的甜美氣息就從背後撲了過來。

「咿嘻嘻，小春春的耳朵真的很敏感耶～我要舔下去嘍？咕啾咕啾地舔喔～？」

「住手，拜託妳住手。」

「不要推喔，絕對不要推喔～！」（註：原本是日本搞笑藝人三人組「鴕鳥倶樂部」的哏，就是叫對方推自己，現在被廣泛套用在各種說反話的情境裡）

「我不是那個意思啦，再說——咿嗚！給、給我放開啊！」

彷彿言出必行一般，姬百合真的把舌頭伸了過來，我硬是把她從我背上扒走，然後喘著大氣，抱緊自己的身體。

相形之下，姬百合只是維持著天真無邪的笑容，雙手負於背後，微微歪起頭。

「哎呀，又在害羞了～小春春妳至少有一點點開心吧？」

「隨妳怎麼說……話說回來，妳到底有沒有要問問題啊？難得我還打算要回答妳耶。」

「哇，抱歉抱歉，我是真的很好奇啦，畢竟剛才的攻防戰，我完全看不明白到底發生了什麼事。所以我是認真要聽妳說，快告訴我吧～」

面對姬百合期待似的眼神，我輕輕嘆了口氣。

「也沒有多複雜啦……應該說，是我擅自把情況搞複雜罷了。要是去思考什麼好處之類的，一輩子都沒辦法搞懂那傢伙的企圖。」

——那只是一個腦子不正常的戰鬥狂而已。我用略為焦躁的口氣這麼說道。

「唔？嗯～？」

姬百合的頭歪得更過去了，於是我決定再解釋得詳細一點。

我一開始使用的「搶奪」，本來應該能在那個當下搶到「巨大的束縛」，因為沒有卡片的稀有度會比密鑰還要高，照理說不會有其他的選項。

儘管如此，所有權移動的卡片卻不是「巨大的束縛」。

沒錯，這才是她所準備的「祕策」。

「其他玩家指定取走你卡槽中的一張卡片時，將會無視條件，必定選擇這張卡片」——也就是稀有符咒「犧牲」。

原來如此，難怪她能躲掉「搶奪」。發現失算的對手會因為不知所措而出現破綻，到時她再不疾不徐地揮動鐮刀拿下人頭即可，實在是個很完美的計策。

……才怪。

本來的話，沒錯，那種作戰本來甚至連實行的價值都沒有，跟我剛才捨棄的假設一樣。即使那個戰術成功了，ＰＶＰ的報酬終究還是「犧牲」卡。

在這種情況下，她還是進行了「那個」的話……

「她打從一開始就沒有在追求遊戲上的好處——只能這麼想了吧？那傢伙只是想進行ＰＶＰ（砍殺）直到膩了為止，僅此而已。」

「哇喔～原來如此呀～」

聽完我的解釋後，姬百合露出讚嘆似的表情，點了點頭。

「小春春妳知道這一點卻還是使用了『搶奪』，表示妳是故意順了那個人的意吧？我有點意外……嗯～不算意外？」

「不，並不是妳說的那樣啦。單純是因為，既然她設置了那種圈套，我就一定要透過『搶奪』卡和ＰＶＰ來搶她的卡片兩次……唉，話說回來，開始參加ＲＯＣ之後，我好像遇到的都是怪人啊。」

「咿嘻嘻，的確呢，很傷腦筋吧？很厭煩吧～？」

「嗯，妳也是其中之一喔！倒不如說，妳就是帶頭的好嗎！」

「咦～為什麼？為什麼～？」

姬百合微微鼓起臉頰，張開雙手抱住我的背。手臂受到擠壓，而且從臉頰飄來女孩子甜甜的香氣，讓我有股過於強烈的酩酊感，連忙搖了搖頭。就在此時，鬆軟的金絲輕柔地擴散開來，拂過鼻子。

……這是四面楚歌嗎？我的自制力差不多要融化了。

「就叫妳放開我了啦。」

我推開姬百合的身體，並再次觸碰了終端裝置。從剛才開始就一直受到干擾，害我遲遲無法確認「巨大的束縛」的效果。這明明才是最重要的事情。

「唔……」

隨著我的觸碰，另一個視窗開啟──效果說明顯示在我眼前。

「嗯～？啊，妳該不會是在看『巨大的束縛』的效果說明吧？小春春妳看起來好像還很正常的樣子，是不是沒什麼大不了的呀？」

「喔，是啊，沒錯……大略來說，就是『降低一成敏捷值』，沒有到『巨大』的程度。如果其他張卡片也這麼輕微就好了。」

「哦～這樣啊，那真是太好了呢～」

「…………」

看到姬百合的表情瞬間開朗了起來，我不由得移開了視線……其實，這完全只是謊言而已。

「巨大的束縛」真正的效果，是「無法從ＲＯＣ登出」。

當然了，對原本就被封鎖住登出功能的「雲居春香」來說，一點影響也沒有。

只不過，從某方面來看，不把這個視為問題的態度本身就是個問題。雖然情況有點複雜，但反過來想，我的身分可能會曝光，然後因此死去。

所以……我糊弄她也是很合情合理的事情。嗯。

姬百合沒有對我的說法起疑，只見她既悠哉又快樂地高高舉起右手。

「總之拿到一張了吧～？那我們立刻去找第二張密鑰——」

「——等一下。」

我打斷了她雀躍的嗓音——剛才好像聽見了什麼？

我一邊感覺到自己的表情瞬間繃緊了起來，一邊跪在操場上，緩緩地用警戒的眼神環視周遭。然而，並沒有發現什麼人影。

「小、小春春妳怎麼啦？」

像是受到我影響似的，姬百合也蹲下身體。

那個「聲音」絕非暫時性的，現在也不斷傳來。我從沒聽過那樣不可理解的聲音，要比喻的話，就像是沉重的金屬在互相摩擦，或者是漲大幾倍的削風聲……

「──────！」

……瞬間，「那東西」在我們面前著地了。

那是異樣的物體。物體──沒錯，物體這個表達方式是正確的。就算外觀是再怎麼扭曲的人型，看那一身從頭到腳尖都覆蓋起來的厚重盔甲，已經不能稱其為「穿著鎧甲的人」，而是「鐵塊」，是造形物。那形狀、重量都只針對「不會壞掉」這一點進行強化，彷彿想宣示自己不懂何為機能美和武勇似的。

既笨重又最為剛硬的鎧武者──！

「grrrrrrrrry！」

那傢伙發出搞不清是咬牙聲還是吶喊的聲響，一口氣揮起了右臂。那隻手上沒有武器，不過也是啦，應該不需要那種東西吧。都具有這樣的質量了，只要用揍的就能粉碎大部分的對手。

一瞬間，我和旁邊的姬百合對上視線。就一瞬間而已。

「「快逃啊啊啊啊啊啊啊啊啊！」」

我們盡全力奔離現場，眼角餘光還看到我用力丟出去的短刀被輕易地彈開了。

#

咒殺狂戰士。聽說，那個怪物是以這個名稱為大家所知的「王的心腹」之一。

按姬百合的說法，他（雖然不知道性別就是了）的特性是會襲擊獲得密鑰的玩家，此外，還明言表示「只要能夠在ＰＶＰ中對我造成傷害，我便加入為夥伴」。話雖如此，直到現在也只有一小部分的參加者達成這樣的條件。

然後，大概在一個小時左右前，我們成功逃離了那個咒殺什麼來著的。

姬百合已經登出很久了。畢竟都跑得氣喘吁吁了，體力應該到了極限。要休息的話，比起地下世界，回現實比較安全。

而我則出於一些考量，在目送姬百合離開後，便將湊了複數張的「撤退」卡——用掉其中一張。

「呼……唔？呀唔……嗯、嗯～……呀……」

耳邊傳來格外惱人的酣睡聲。

我立刻睜開眼。睜開眼？我什麼時候睡著的？於是，我整頓了一下交換前後混雜在一起的記憶……啊，原來如此，是春風在睡覺吧。所以即使意識交換了，身體還是閉著眼睛的狀態。

我想，春風大概是把整個身體都壓在抱枕上，並且裹在棉被裡睡覺吧。也許是因為這個緣故，我感到有點擁擠，覆蓋在棉被下的世界有點暗，視野也完全不清楚。

可能是因為這樣，除了視覺以外的感覺似乎變得比平常還要敏銳。

我的床有這麼軟嗎？有這麼好聞嗎？我全身被一股柔和的溫暖所包覆，有一種稍有不慎就會墜落下去的感覺。

接著，突然之間——

「阿凪……阿凪～嗯……抱抱。」

抱枕長出手束縛住我的身體。

我無可奈何地被緊緊抱住，混亂與缺氧造成我的意識猛烈地左搖右晃。

什麼？這是怎樣？世界奇妙惡夢嗎？不對，如果說這是惡夢，我渾身上下都像是要融化一般充滿了幸福感，而且舒服到起雞皮疙瘩，或者應該說——我本來就沒有什麼抱枕……了？

…………………

我的表情突然冷靜下來，猛力掀開了棉被。

「……唔呀？」

躺在清晰視野中的，該說是不出所料嗎？是我在地球上最面熟的人類，也就是佐佐原雪菜。

雪菜穿著感覺防禦力很低的小可愛，不知為何雙臂繞到我背上，露出看似很幸福的微笑。

從她衣襬捲上來、露出白皙肚子的部分來看，這就是那種情況吧。

「呵呵……阿凪你啊，真的是不能沒有我呢～」

「……怎麼可能啊，笨蛋。」

與其說雪菜在說夢話，不如說她是在胡言亂語，我的視線從她身上移開，終於開始打量四周。

這個房間實在很有女孩子的風格，是由白色、水藍色、粉紅色及橘色這些粉彩色調點綴而成的明快空間。毫無疑問是雪菜的房間吧。

這意思就是說，直到剛才為止我都在躺的那張床，也是屬於雪菜的。

「…………咦？」

所以是怎樣？我跟雪菜共度了一晚嗎？

在互換身體的時候？

「喂、喂……雪菜？」

我戰戰兢兢地叫了她一聲，她就回了一句「嗯姆姆？」的神祕語言。

沒有辦法之下，我把手伸到她的腋下，硬是拉起能夠感覺到適度重量的肢體。我讓她跪坐在床上，並幫她整理一下衣服，然後用雙手夾住她滑嫩的臉頰。

「起床了啦。喂，雪菜我拜託妳快醒來。」

「嗯嗯……咦，要幹嘛啦，笨蛋。」

「不要起來馬上說什麼笨蛋啦，妳這個笨蛋。好了，快醒醒，小心我揉妳胸部喔。」

「你……喂，阿凪，那可是性騷擾──等、等、等……奇怪，你是阿凪？」

「我是阿凪啊，妳的青梅竹馬夕凪，不然我看起來像其他什麼東西嗎？」

「…………哦。」

雪菜在我的手中眨了眨那雙大眼眸，然後慢慢地綻放出笑靨。好可愛。

……呃，是很可愛沒錯啦，但重點不是這個。為啥妳一副老神在在的模樣啊？

「早安呀，阿凪。」

彷彿一如往常的早晨似的，雪菜這麼說道。她一邊揉了揉眼角，一邊打了個小小的呵欠，接著在伸展手腳之後，懶洋洋地放鬆下來。

這時，她忽然說了一句話。

「是說，我從以前就一直覺得，阿凪你坦率地露出笑容的話，看起來會非常可愛呢。」

「……妳在說什麼？」

「就是在說你昨天的表情很好看呀。不過很難得耶，沒想到阿凪竟然主動說『覺得很寂寞，想要一起睡覺』，讓我吃了一驚呢……怎麼樣？睡得好嗎？」

「──────」

我知道我的身體深處唰地熱了起來。

雪菜那張笑得無憂無慮的表情毫無一絲雜質。她大概是有認真聽進我之前拜託她的事情，誠摯地接受了春風的「請求」吧。哎呀，我這個青梅竹馬真的太優秀了。

不過啊，春風啊。

我的確有跟妳說，有煩惱的時候可以去找雪菜哭訴——但一起窩在棉被裡我可覺得不太好喔！

「唔～～～～！不行，總覺得完全沒睡好！睡眠時間不足！所以抱歉了，雪菜，我現在要回房間再睡一次。」

「啊，等一下啦，阿凪，學校怎麼辦！……真是的，要是遲到我可不管你喲！」

我不想被她看見我滿臉通紅的模樣，於是瞬間就決定要逃走了。我踩上窗框，經由空中跳進自己的房間，然後關上窗戶，把緊追而來的罵聲關在窗外。

我用右手按著吵鬧的心臟，並筆直地走向書桌。

目標當然是那本交換日記。我馬上就找到塞在課本之間的交換日記，用有一點粗魯的動作將其抽出來。催促似的翻開最新的一頁。

妳(雪菜)跟異性黏得太近對我的人生而言會造成非常不好的影響。我氣勢洶洶地打算如此抱怨——

但是……

「唔……哼、哼，是這樣喔。」

「寫滿整頁的感謝之情」，瞬間就削弱了我的氣勢。

她應該寫得很拚命吧。透過文章，可以清清楚楚地想像出她當下的模樣。看不到絲毫盤算的真摯謝意，對我無條件的信賴，對雪菜的人格讚不絕口。

她還表示「雖然我還有一點害怕，但我會如同夕凪先生所說，嘗試一點一滴地慢慢喜歡上這個世界」，想法很積極正向。

一想到話語背後的情感——我就覺得很不好意思。

「好吧……既然她喜歡的話，那就算了。」

說完，我緩緩地搖了搖頭，然後坐在椅子拿起筆。

「雲居春香」現在持有的「撤退」卡有五張。雖然只有這些可能還不夠，但如果有需要的話，之後再補充就可以了。我就是為了這個目的，才會在武器店附近登出。

總之，就這樣「開始」吧。

♭

「春風，從現在開始，我想利用『撤退』卡和交換日記來跟妳說話，或者應該說是筆談吧？

反正妳先讀完一遍再說。

首先是現狀報告。現在還不清楚我和春風互換身體的相關情況，所以我決定先將目標放在攻略ROC上。我姑且把話說在前頭，這是因為不這麼做的話，我不曉得我會變得怎麼樣。妳的事情是其次。

而在進行攻略的時候，要是會不定期登入登出的話，不是很麻煩嗎？因此，我想要來決定負責人。考慮到春風妳的遲鈍，基本上由我負責ROC這邊，春風就跟以前一樣使用我的身體就好。到這邊妳有什麼異議嗎？」

『咦？那個，我有異議。我想說，夕凪先生覺得這樣好嗎？你是不是在顧慮我呢？如果你是勉強自己這麼說的話，我就不要這樣。我也要參加遊戲。請讓我參加吧。』

「我已經說過不是了吧？我完全沒有要讓妳在現實世界開心生活的打算。這是因為，要是把ROC（這一邊）交給妳的話，我總覺得妳大概三秒就會死掉，這會讓我很困擾。

另外，我要跟妳說，我的確有說妳可以依賴雪菜，但這當然是有限度的喔。同床共枕絕對不行。我拜託妳，再稍微安分一點吧。」

『啊嗚，對不起。因為雪菜小姐很溫柔，我忍不住就對她撒嬌了……是該反省。我明白了，我會盡可能努力不讓夕凪先生感到困擾。』

「請妳務必注意。這是為了我社會性的生命著想。

那麼，我先統整聯絡事項喔。除了緊急時刻以外，基本上都在夜晚進行登出，並且要事先準備兩張以上的『撤退』卡。每次交換都要在筆記本上報告進度。春風妳也是，如果犯下了什麼不得了的錯誤，記得寫下來。

那麼，聯絡到此結束——啊，還有一件事。

所謂的有限度，也代表在到達限度之前都沒有關係的意思。如果妳想去外面的話，那就去吧，要去學校也可以。不過，用我的身體大概會很無聊就是了。」

『不會無聊的。謝謝你。

夕凪先生果然很溫柔呢，耶嘿嘿。』

#

和春風討論完畢後，也由於在門外等候的青梅竹馬的假咳嗽差不多愈來愈明顯，於是我決定趕快回ＲＯＣ。

我和前來會合的姬百合一起檢視地圖，思考下一步的行動。

「——我覺得還是這幾個的其中之一吧。」

一邊說著，我按順序指了指地圖上的五個「光點」。北邊的方位有兩個，西邊有一個，東南有一個，最後則是目前所在地有一個。儘管完全四散開來，但不可能不具任何意義。

在得到「巨大的束縛」前，畫面上並沒有映出這些光點——因此——

這些光點各自對應著「受詛咒的密鑰」的所在地。這是我的假設。

「嗯～簡單來說，只要得到一張密鑰，就會連帶知道其他密鑰的位置，是這樣沒錯吧？密鑰彼此之間互相吸引……相親相愛……？」

姬百合小聲碎唸著，並且用有點舉棋不定的表情歪著頭。

「我總覺得，好像太剛好了～」

「是嗎？如果不這樣設計的話，只能漫無目的地不斷進行ＰＶＰ了吧，以遊戲而言就不好玩了，再說……妳看這個。不只『巨大的束縛』，持有『惡性的追跡』的傢伙，目前所在地也跟光點重疊了，這實在不能說是偶然吧。」

「嗯？哦～的確的確！咿嘻嘻，小春春妳果然很厲害呢，真聰明。」

姬百合再次把身體湊過來，開始用手指在投影出來的地圖上比劃。

我原本不解她在做什麼，不過看來是在測量光點之間的距離。

「唔……這裡嗎？這裡好像也滿近的。小春春覺得哪個當目標好呢～？」

「只要不是『惡性的追跡』都好啊。反正全部都要找一遍。」

說到這裡，我突然想起一件事。

「對了，我得先補充符咒才行，卡槽用光了。」

「這樣呀。說起來，小春春將那把短刀丟出去了呢。好～那我們去武器店交易──之前，必須多跳幾次樓才行喲～！」

「……啊。」

「咿嘻嘻，Let's都市傳說☆」

這個垃圾設計到底能不能想點辦法啊？

於是，經過了賓館（跳樓）與武器店後，我們來到了櫻江市立第三公園。

這裡離車站滿近的，有一半的用地都被綠意覆蓋，剩下的另一半則整修為球場。在市內也是屈指可數的大公園。

一到假日，這個地方就會擠滿熱心運動的少年少女，還有來做森林浴或散步的老人家，不過在ROC裡，這裡跟其他設施一樣冷清。

「相對於遊戲場域的寬廣，玩家人數果然太少了。」

「或許吧～不過，我覺得這樣也還算取得了平衡喲～人口密度太高的話，只會一直發生混戰，會很無聊。」

「嗯，的確如此。畢竟遊戲概念是發揮出持有手牌與戰略的極限來擊潰對戰對象，混戰就不符合了。」

「是呀……咿嘻嘻，一說到『擊潰』像小春春這樣的女孩子，我就好興奮喲～」

「興奮個頭啊，至少放在內心別講出來啦。」

我們一邊隨便閒聊，一邊踏進了公園。

不同於「惡性的追跡」那種洩漏位置資訊的方式，密鑰之間相互作用所產生的光點精準度並不高，最多只能知道是在「這一帶」而已。

所以，即使知道持有密鑰的玩家就在這座公園的「某處」，除此之外的事情卻完全不清楚。說得極端點，對方也有可能就藏在眼前的草叢裡。

「……不過，多半是在森林區域那邊吧。畢竟藏什麼都是森林裡最好。」

我半是肯定地朝一定方向前進。

這是因為，如同我能夠感知密鑰的地點，對方應該也知道我的位置資訊，已經察覺到我在接近了。「這樣還不逃走」的話，就表示對方不是想躲起來了事，就是準備迎擊。

我謹記這一點，但絕不膽怯地——微微刮著沙地往前走。

「好熱啊……」

高高升起的太陽毒辣地曬著肌膚，一滴汗水從光滑的脖子上滑落下來。

——就在此時——

「呀啊啊啊啊啊啊啊啊啊啊啊啊！」

一道尖叫聲突然響徹四周，不由分說地撕裂了空氣。

#

樹蔭下的小小空間。

衣服被粗暴扯落的女孩子，以及襲擊她的兩名男性。

循著尖叫聲找到這裡的我，看到了如此令人作嘔的情景。

值得慶幸的是，少女還穿著內衣，似乎沒有發展到決定性的行為。但是，這無法成為消除她的恐懼與屈辱的因素。不知是否是哭腫的紅色眼眸空洞無神，半張的嘴巴正微弱地呼喊著某人的名字。

「弧……月…………」

聽到她的低喃聲，我便想起來了。沒錯，她是之前跟十六夜一起的……好像叫做六花吧。

她拚命編織出的SOS沒能傳達給不在場的他知道。也許這樣令人感到很愉快，又或者是更加煽動起獸慾，只見性犯罪者們（人渣們）滿心愉悅，下流的笑容越發扭曲。

「呿……！」

全身上下的血液瞬間沸騰起來，我沒有特意壓抑，舉起新的細劍（Rapier）就往那兩人刺過去。彷彿要將沉滯的空氣分為兩半似的斬擊，儘管對方似乎已經有所發覺，但並未做好迎擊的準備，因此我毫不在意地展開特攻，然而……

「——你們兩個傢伙，少用髒手碰我的東西啊啊啊啊啊啊啊！」

就在同一時間點，十六夜弧月出現在我旁邊，他用力揮下漆黑沉重的槍把，演變成我與他背對背同時攻擊，把那個大塊頭的男人狠狠彈飛出去。

砰的一聲，槍聲間不容髮地轟然響起。我用不著確認也知道，那是十六夜隨意開了一槍的聲音。男人勉勉強強躲掉後，有一瞬間朝躺在地上的少女投以留戀的眼神，但還是立刻逃走了。

另一個男人也一邊從喉嚨發出「咿」的聲音，一邊已經開始往後退了。

這傢伙我倒是很有印象。他使用異形長劍，是之前打算侵犯我的變態。也就是說，他八成是慣犯吧。我掌握住大致的狀況。

「咿、咿呀啊啊啊啊啊啊啊！」

他很快便發出怪叫聲，沒有跟在第一個跑的男人後面，而是往另一個方向落荒而逃。

憔悴的六花從他的臂膀滑落下來，她用虛弱的力氣緊緊抱住自己的身體，用力閉上盈滿淚水的眼眸。接著，她彷彿囈語似的說道：

「嗚……嗚咳，咳咳……弧……月。」

「嗯，抱歉，六花，我來得有點晚了。我現在就去宰了那兩個傢伙，原諒我吧。」

「對……不起……都怪我自己，是我自己迷了路。」

「煩死了，閉嘴……唉，別把乾癟的身體暴露出來啦，真是的。」

十六夜就這樣一邊口出惡言，一邊搔了搔染成深褐色的頭髮，然後將原本穿在身上外套披在六花的肩上，並趁隙不經意地大力揉了揉她的頭。雖然我不知道是不是因為這個緣故，只見六花那張慘白的臉恢復了一點血色。

「呿，竟然分成兩路了。」

十六夜滿腔怒火地喃喃說道，他的額頭上浮現出極為明顯的青筋。

……什麼嘛——我想。

原來這傢伙不是單純的流氓而已喔。這種地方有點犯規啊。

「喂——喂，別裝沒聽到啊，我就是在叫你，垂水夕凪。」

當我在內心累積對十六夜的厭惡時，突然有一道銳利的眼神射向我。

「咦？老——人家嗎？」

「人家？哈，這麼少女的第一人稱超不適合你的啦，真可笑。」

「啊？明明就跟我的外表很適合啊，你眼睛瞎了是不是？」

面對毫無同理心的誹謗中傷，我忍不住罵了回去。不行不行，該保持美少女微笑。

「哈！」

十六夜看了看我，竟然嗤笑了一聲，並用力地吐了口口水。

接著，他態度一變，帶著自嘲的意味勾起右邊的嘴角。

「夕凪，剛才是我欠你一次，謝了。」

「就算沒有我，你也完全趕得上吧，沒什麼欠不欠的。」

「你怎麼想跟我無關啊，只要我覺得欠了人情，那就是欠了人情。這種事情不管去到哪裡都是感情論，再囉嗦下去也沒用……那麼，我們來打個商量，你能不能順便幫我收拾那兩個逃掉的傢伙？」

「……總覺得這番話很不適合你講耶。」

「哈，煩死了。那兩個傢伙是跑掉的，代表他們應該沒有『撤退』和『轉移』，但要是他們逃到武器店或湧出源的話，情況就會變得麻煩得要命。為了讓他們別再繼續吸這個世界的空氣，哪怕一秒也好，只有我一個人是不夠的。」

感覺他語氣焦躁，情緒激動。在幾公尺之外跟我對峙的十六夜，簡直就像炸彈之類的危險物，時時刻刻都在增加熱度。

唉——真是的，麻煩事偏愛來找我。

「十六夜，話說回來，你覺得我為什麼會在這裡呢？」

「啊？我哪知道啊。難道你是來跟我告白的嗎？那你該回到前世重新來過。」

「誰會愛上你這種笨蛋啊，要開玩笑的話，你的思維就夠好笑了啦——我說啊，打從一開始，盯上那傢伙的就是我，所以不需要你的指示，我也會去狩獵那傢伙。倒不如說，那是我的獵物，你最好少妨礙我！」

「……啊～是是是，你這傢伙也真夠麻煩啊。」

對於我滔滔不絕的辯解，十六夜微微擺了擺手回應，然後像是突然感到擔心一般，再次看向六花。

姬百合已經在那裡用格外熟練的模樣開始照顧六花了。

她拿著不知哪來的水讓六花喝下去又吐出來，並把手帕浸在水中，再用來擦拭全身。從臉、脖子到胸口，那溫柔的手勢完全不帶一絲性方面的含義。

雖然十六夜觀察了姬百合一陣子——但他應該有感覺到六花的表情和緩下來了吧，不久後，他便說了句「我也欠妳一次人情啊」，不再擔憂。

「那另一邊就拜託你了喔，夕凪。」

「……嗯，你那邊也是。」

於是，我們瞬間交換了眼神後，朝著各自的目標追了過去。

來吧——該讓你們負起讓我感到不快的責任了，變態們。

……我難得冷酷地放話了，但拿長劍的變態三兩下就被我解決掉，真的很沒勁。

不過，畢竟是之前用一張「加速」卡就能逃掉的對手。我現在學到了ＰＶＰ的入門基礎，累積過經驗，還開始掌握連攜的額外效果，他早已不是我的對手了。

「那麼，Bye Bye嘍。」

起碼最後要可愛地說出致命一擊的台詞。男人的身體化為粒子崩解。

「個人的恩怨」也得以消除後，我便啟動終端裝置，確認戰利品。

在追趕的時候，就地圖來看的話，有光點反應的毫無疑問是用長劍的人（剛才死掉的傢伙）。雖然我不知道他跟另一個大塊頭男人有什麼關係，但至少我在找的密鑰是在他身上。既然如此，在ＰＶＰ獲勝後應該能準確無誤地奪過來。

「就是這張嗎？我看看——呃，咦？」

我忍不住發出奇怪的聲音。

「定時耗損症」。擁有這個名稱的卡片出現在手牌裡是很好，到這裡都如我預期。然而，為什麼ＨＰ正以異常的速度在減少呢？

我連忙叫出卡片的效果說明。「定時耗損症」——原來如此，是毒嗎？也就是一種異常狀態。「每隔一段時間就會受到定量傷害」的效果……！

本來的話，這種耗損本身應該沒有多嚴重，體感上每五秒就會受到十點左右的傷害。以姬百合來說，可以活七分鐘再多一點點。

但是，對「雲居春香」而言，這種速度相當致命。

最大只有五十點的ＨＰ，「短短二十五秒內就會消耗殆盡」。

「可惡──該怎麼辦才好？有沒有什麼好方法！」

我顫抖著手在卡槽裡翻找，但沒用。「恢復」卡來不及補，「撤退」卡則用了也沒有意義。而且ＲＯＣ不存在「廢棄卡片的手段」。

「好不容易集到兩張了，卻要在這種地方結束嗎……」

我可不要落到這種隨便的下場。因此，我先動腦筋思考，摸索著能夠活下來的方法。不過，會有這種方法嗎？會那麼剛好被我找到嗎？唯一可以主動放棄卡片的途徑是武器店，但從這裡過去有很長一段距離。

結果，在我什麼都沒想到的情況下，二十秒就這麼過去了。

我的剩餘ＨＰ變成十，長條的顯示轉變為危險域（紅色）。

我已做好一死的準備，但就在這個當下──

「『搶奪』發動。」

突然間，「定時耗損症」從我的手牌裡消失了。

「……呃，哇啊，這是什麼這是什麼！我的ＨＰ一直在減少耶～！」

與此同時，我的背後傳來冒失的慘叫聲。格外輕盈的腳步聲、微微晃動的雙馬尾，她的氣息還是一如既往地吵鬧。

沒錯，將我從絕境裡拯救出來的，不是別人——正是姬百合七瀨。

「妳……為什麼……」

「哎呀，小春春、小春春，為什麼這個問題有點過分吧？我們不是夥伴嗎～我可是把六花交給十六夜之後，就十萬火急地趕過來耶……還是說，妳到現在還在懷疑人家嗎～？」

「…………」

我沒辦法回答是，也沒辦法回答不是。

也許，我的內心有一大部分已經開始接納姬百合了。但是，某些部分也依然在懷疑她。就連我自己，也覺得這實在是很麻煩又醜惡的人性。

儘管如此，我還沒有墮落到連感謝人家的救命之恩都做不到。

「謝啦，多虧有妳，我才能得救。」

「哪裡哪裡，不客氣喔。嗯～不過這張密鑰沒辦法拿著呢～雖然很可惜，但還是必須去武器店變賣才行。」

「就是……說啊……」

我用鬱悶的表情小聲地附和道。如同姬百合所說，繼「巨大的束縛」之後出現的第二張密鑰「定時耗損症」，是愈早取得就愈虧的卡片。

雖然想放到最後再處理——但這麼做的話，就換「惡性的追跡」變成問題了。

饒了我吧——我這麼想著。看這情況，應該要做好其餘兩張卡片也具有凶惡性能的準備。殺意實在太強了，而且也實在太難以挽救了。

「……密鑰收集在這裡打住吧。」

低喃出的嗓音，連我自己都聽得出來充滿了焦躁。

♭

（摘錄自交換日記）

『我今天拜託雪菜小姐帶我去外面，所以我第一次外出了。我借用了夕凪先生的衣服，不過，男生的衣服很不好穿呢。我不小心搞錯，把領帶繫在T恤上面了。耶嘿嘿，還被雪菜小姐笑了一番。

那個，我跟你說喔，夕凪先生！

外面的世界——有好多人，處處都充滿了驚奇。

雖然第一次到外面讓我很害怕，但雪菜小姐牽著我的手，硬是（呃，這是正面的意思喔！）帶我走來走去，所以我漸漸地沒有餘力去感到害怕了。只覺得很歡快、很開心、很吵鬧。所謂的「喧囂」就是指那樣的氛圍吧。我又變得更加聰明了，耶嘿。

途中，有個叫做瑠璃的女性從樹上跳下來（原來現實世界的人們也會在那種地方生活呀）加入我們，於是就三個人一起在街上到處逛逛。明明和ＲＯＣ的場域是同樣的地點、同樣的建築物，景色看起來卻截然不同。我想，我今天一整天都過得很快樂。我很開心，覺得非常非常幸福。

夕凪先生在那邊過得好嗎？有沒有感到厭煩呢？如果有我幫得上忙的地方，請你一定要告訴我。我想回報你的恩情，無論什麼事我都願意做。

畢竟，我是夕凪先生的夥伴嘛。』

#

隨著得到「定時耗損症」，咒殺狂戰士襲擊而來。勉勉強強甩掉他之後，我先登出向春風做定期報告，接著再次返回這邊的世界。

順帶一提，直到剛才為止都還感覺到的焦躁感，彷彿沒出現過似的消失了。

要問為什麼的話……就是那個。只是冷靜下來而已。

絕對不會是什麼夢幻的原因，像是寫在筆記本上的「過度關切」充滿了我的心胸，焦躁無法乘虛而入之類的。

——我和姬百合決定與之前一樣，在家庭餐廳舉辦戰略會議。

有了上次遭到咖啡蹂躪的教訓，我這次改喝牛奶與糖漿增量的冰奶茶。甜甜的很棒，最重要的是很有女孩子的感覺。

「那麼，第一種勝利條件，收集五張『受詛咒的密鑰』大概無望了。」

「嗯，是呀，就是這樣～小春春有什麼打算？放棄收集，去找『公主』？」

「不，其實也沒有那麼悲觀。」

姬百合「哦」了一聲，意外興致十足地使勁探出身體應和道。

雖然我不會因為這樣就輕易地感到心情愉快，但不知怎地還是豎起了食指，沉浸在當老師的感覺中，清了清喉嚨。

「咳咳——聽好嘍？ＲＯＣ裡有三種人（角色）。」

「三種的意思是……我、比我強的和比我差的，像是這樣嗎？」

「妳那是什麼修羅級的價值觀？不對啦，是玩家、ＮＰＣ和除此之外的人。順便說一下，所謂的ＮＰＣ，指的就是那邊的店員之類的，只懂得制式應答的人們。」

我瞥一眼過去，只見那名女性店員露出笑容，以均質性的口吻一邊說著「要點餐嗎？」一點走了過來。舉止和表情等一切都非常完美、正確，但也因此缺乏人情味。這正是非玩家角色。

「然後，『除此之外』的人，就是非玩家也非ＮＰＣ。簡單來說，是關係到遊戲通關的『王的心腹』等人。這些傢伙雖然平常會裝成ＮＰＣ，但實際上並非如此——背後『另有其人』。我這樣理解對嗎？」

「沒錯沒錯，好像有許多傳聞喔。比如說，可能是從以往地下遊戲中表現活躍的玩家裡挑選出來的，或是為了爭取到資格而展開過血淋淋的鬥爭之類的。」

「雖然我很想說哪可能這麼扯，但斯費爾確實有這個可能，想想還真恐怖。」

我開始有點不安了，不知道ＲＯＣ的幕後，究竟有什麼樣的魑魅魍魎在蠢蠢欲動。

不過，現在那種事怎樣都無所謂。

重要的只有一點。既然「王的心腹」等人的背後「另有其人」的話，那些傢伙便跟ＮＰＣ不同，做得到具有人性的應對。這麼一想，自然能夠縮小範圍，找到幾個候補人選。

除了咒殺狂戰士之外，舉例來說，就是武器店老闆，還有中央圖書館的圖書館員。

「這樣就有三個人了……不過，以現狀而言，只是單純有嫌疑而已，不實際確認看看是不會知道的。但如果都猜中了，那就只剩一人了吧？或許這個條件出乎意料地更容易達成也說不定。」

「喔喔～！」

姬百合誇張地大聲歡呼，雙眼亮晶晶地拍了拍手。

我很能理解想這麼做的心情。我們本來就因為其中一種勝利條件行不通而唉聲嘆氣。現在光是找到可以前進的道路，心境就完全煥然一新。

「……嗯～咦？可是……」

姬百合原本正在跟那名女店員擊掌慶賀，歡鬧不已，聲音卻突然黯淡了下來。

「小春春小春春，『條件』呢？就像咒殺狂戰士說必須對他造成傷害，他才會加入為夥伴，如果沒有達成他們各自設定的『條件』，王的心腹是不會成為協助者的喔……」

「哦，這方面的話，妳倒不用擔心，我有幾個想法。」

我喝光杯子裡的奶茶，從座位站起來。雖然只喝一杯就結束飲料無限暢飲，老實說很浪費，但既然是ＲＯＣ（這裡）的話，那就沒什麼好在意的。

「我們先去武器店吧。」

「歡迎光臨！」在威勢十足的招呼聲迎接下，我與姬百合踏進差不多已經熟稔起來的武器店裡。這裡是櫻江市首屈一指的購物中心二樓的西邊。武器店在現實世界的對應位置是運動用品店。

肉體強壯的大叔老闆看到我們走進店裡，便豪氣一笑。

「喔，這不是姬百合七瀨小姐和雲居春香小姐嗎？今天也很漂亮喔！」

「咿嘻嘻，大叔還是一樣很會說話呢。嗯～來買點什麼好了～有推薦的嗎？」

「當然有啊！這個怎麼樣？橫掃一切罪惡的傳說中的斷鋼聖劍！……的複製品。不過，單就攻擊力來說，可以打包票保證喔。」

「哇啊，怎麼這麼大！人、人家拿不動這種的啦。」

「像小姐們這樣的女孩子手持大劍，不覺得很浪漫嗎？」

「我也不是不懂這樣的想法啦……是說，這把武器會吃掉卡槽三個欄位啊！誰、誰要用這種東西啦，真是的～我才不要！」

姬百合隨便地把傳說武器（複製品）退回去。不知是否是心理因素，總覺得老闆露出沮喪的表情，但很快地又重振心情，豪爽地朗聲大笑。他摸了摸剃個精光的頭，感覺快撐破的胸肌鼓得更高了。

果然不管怎麼看，都不像是一般的ＮＰＣ。

「那個……」

「哦，怎麼啦，春香小姐？想要剛強的武器嗎？像小姐這樣擁有飄逸金髮的女孩子，若是扛著一把具有機械感的傢伙，感覺也挺帥氣的喔！」

「ＯＫ，等我長到可以喝酒的年齡之後，就到外面聊個通宵吧……不對。」

我探究著和藹可親的老闆的表情，就這樣啟動終端裝置把卡槽展開，然後迅速地移動手指，首先是將細劍實體化，再從有一個空位的卡槽中選擇兩張符咒。

隨著我的碰觸，各符咒的效果說明顯現的同時——頁面最下方，特殊指令「交易」兩個字變亮了。

「我要『交易』。我出『恢復』和『同調』，給我『停滯』和『強化』。」

「ＯＫ，拿去。」

「我出『停滯』、『加速』和『強化』，給我『感知』、『轉移』和『恢復』。」

「ＯＫ，拿去。」

「我出『感知』、『轉移』、『恢復』和『鐵壁』，隨便給我四張常見的符咒。」

「ＯＫ，拿去。」

「……小春春，妳在做什麼呢？」

當我和老闆面對面不斷交換卡片之際，大概是被冷落太久而感到焦躁，姬百合一臉不滿地從背後抱住了我。

毫無疑問含有麻痺成分的甜香飄來，讓我的思考變遲鈍。

「唔……」

但我習慣了。真的是早就習慣了。我說習慣就是習慣了。

「別、別問了，仔細看著。我要繼續了喔──我用『強化』、『加速』、『轉移』和『同調』，換一張『撤退』和『加速』還有『鐵壁』。」

「……OK，拿去。」

老闆的反應忽然變慢了……「差不多」了嗎？

「我用『撤退』、『撤退』和『鐵壁』，換『強化』、『撤退』、『加速』、『同調』和『轉移』。」

「…………嗯，OK，拿去。」

「快了」。我很確定。雖然老闆裝出一副平常心的模樣，但我有看出他的眼神愈來愈嚴肅。不耐煩？生氣？都不是。

他單純是在腦中確認有沒有破壞設定好的條件而已。

──身為武器店老闆的他，在交換卡片時，基本上都會毫不遲疑地回以「OK，拿去」這兩聲回答。然而，我知道他偶爾會像這樣對於回答有所躊躇。

可以想到幾個原因。

首先第一個是存貨少的情況。他要查詢店裡有沒有玩家提出的商品，所以才會產生停頓。再加上，有時候玩家自己也會計算錯誤。要是交換的天秤不平衡，他理所當然無法點頭。

但是，這次我要求的是價格為三的「撤退」和價格為一的各種常見符咒而已。本來的話，他沒道理會回答得比較慢。

儘管如此，他卻「猶豫」了。

從這裡可以做一個假設——武器店老闆的協助者條件為「交換卡片的張數指定」。也就是說，「從X張到Y張的卡片交換成立的話，他就可以成為協助者」。

因此，每當要說出與條件相近的張數之際，他就會有「一瞬間陷入思考」，導致回答得比較慢……！

「下一個。」

只要這個推測沒錯的話，離正確答案也不遠了。卡槽的上限是七張，而卡片的價格帶只分為常見、稀有和「受詛咒的密鑰」而已，排列組合的數量並沒有那麼多。

「我用『強化』、『加速』、『同調』、『撤退』和『轉移』，換『撤退』、『轉移』、『同調』、『同調』和『加速』——怎麼樣？如果我猜錯的話，那我再回去重新擬定策略。」

「…………」

「老闆？」

「……呵……不，這個不行，我無法點頭。」

光頭老闆無精打采地（不適合他到慘烈的地步）笑了笑後，緩緩地搖了搖頭。接著，他用力地雙臂環胸，稍微調整兩腳的幅度，擺出金剛力士的站姿。

他用拇指強而有力地指著自己的臉——同時堂堂正正地報上了名字。

「真虧妳識破了！沒錯，本大爺就是披著『武器店老闆』的皮，實為『帝國騎士團第一大隊長』疾風怒濤的奧爾法！儘管違背吾心所願，但這亦為注定好的命運，好吧，我就成為妳的協助者！」

「……………好。」

「反應太平淡了吧，喂！」

妳知道我花了多少時間背這些台詞嗎！老闆——也就是疾風怒濤的某某大聲哭訴著。一個四十歲上下的大叔練習說一些騎士團和吾心所願之類的，那種模樣的確是會令人覺得滿哀傷的。由於實在太可憐了，我便拍了拍他的肩膀。

不過，無論如何——這樣就前進一步了。

「我說，公主（Hime）——」

「啥啊？」

「姬（Hime）、姬……姬、姬百合七瀨小姐！方便說一下話嗎？」（註：日文的「姬（Hime）」即為公主之意）

「嗯～？大叔怎麼啦？想邀我約會的話，我的時間全都給小春春了喲～」

「哈、哈哈，這樣啊，真是遺憾。抱歉抱歉，哈哈。」

剛才僅僅一瞬間展現出來的威嚴和風采不知跑哪去了，只見奧爾法隊長以嫻熟的武器店老闆口吻畏縮了起來。他不時用充滿歉意的眼神覷著我，而我則不禁嘆了口氣。

所有王的心腹都知道「雲居春香」是公主──我剛剛才得知這麼勁爆的資訊。因為奧爾法四度對我脫口說出「公主」和「殿下」之類的字眼，我就把他帶到武器店的後面脅迫……更正，是可愛地詢問過後，便得到這樣的結果。

雖然他表示：「相關人員不知道公主的長相還比較奇怪吧？」……可惡，無法反駁更令人討厭。

「然後……」

「哦、哦！」

我的口氣還帶著些許不爽，所以老闆的肩膀誇張地抖動了一下。

「怎麼了，雲居春香小姐！不對，是春香大人！」

「這種叫法好像也怪怪的……不過算了，我有一件事情想確認。『定時耗損症』這張卡片最近有進貨吧？該不會已經賣掉了？」

「…………咦？」

聽到我這個問題，發出奇怪的假音的反而是姬百合。

她不知為何異樣地游移著眼神，沒有掩飾住驚慌就插進我和老闆之間。

「為、為什麼需要那張卡片呢～？妳不是已經放棄第一種勝利條件了嗎……？」

「哦，嗯，是這樣沒錯啦。」

我用指腹輕輕撓了撓脖子，整理一下思緒。

「定時耗損症」確實是作為勝利條件的密鑰系列之一。只是，那張卡片還有另一個其他卡片無法取代的「性能」。

那就是異常狀態。一種持續性傷害，也就是毒。

話說，毒這種東西，在現實世界也是懸疑作品的常客，不過有在玩RPG或社群手遊的人，可能會抱有不太一樣的印象。

沒錯──面對防禦超高的對手，固定打法就是毒殺吧。

「妳忘了『咒殺狂戰士』嗎，姬百合？一般方法沒辦法貫穿那傢伙的防禦。遊戲裡應該有準備幾種捷徑，而其中一種就是『定時耗損症』。」

「啊……可是要怎麼做呢？不能把卡片交給對方吧～？」

「對，卡片本身不能硬塞過去，但可以利用『同調』來複製異常狀態……我起初是覺得，只要用『同調』的話，對手的防禦力也會削弱，這樣應該就能贏了。不過仔細一想，在那種狀況下，對手沒有不逃的道理。以結果而言，使用『同調』的瞬間，對方就會使用『轉移』或『撤退』。」

「而利用『定時耗損症』的話……中毒的瞬間起就會受到傷害……」

姬百合點了點頭，像是終於明白了。

然而，她的表情遠比平常還要憂愁，不對，與其說是憂愁，不如說是有種尷尬的感覺。她很快地移開視線，又悄悄移回來，然後立刻往無關的方向看過去。

「……姬百合？」

「咦！小、小春春怎麼啦！今天特別可愛呢！」

「不是吧，是我要問妳怎麼了才對……而且妳未免也太不會蒙騙別人了吧。」

「是、是嗎，對啊，是這樣！嗯，我知道喲！我什麼都知道喲！」

「妳沒事吧？」

我用狐疑的眼神看著姬百合急得臉上一陣紅一陣白的模樣，並緩緩地嘆了一口沉重的氣。伴隨這個動作，我便知道自己的表情變得很僵硬。現在已經沒有掩飾的心力了，心情差到了極點。

她這種反應……原來如此，「果然沒錯」嗎？

我肯定了這股極為討厭的預感。而老闆從剛才開始就歪著頭沉思，接著，他像是要明確地印證我這股預感似的，說出了決定性的事實。

「……啊～沒有啊?別說是最近了，本店從來沒有進過『定時耗損症』這種稀有卡片喔。小姐是不是哪邊搞錯了？」

「——！大、大叔你幹嘛說出這種話啦！」

「咦？妳、妳這麼說也沒用啊，這畢竟是事實嘛。」

「～～～～～～！」

姬百合發出不成聲的高亢尖叫，臉色已經超越發白，變成慘白了。

我幾乎是心不在焉地聽著他們的對話，同時間，也察覺到自己不知為何感到非常沮喪。

——當時，姬百合說要把「定時耗損症」拿去武器店變賣。但是，光從這番對話來看，卡片並沒有交易出去。既然如此，她的舉動說穿了，也可以稱之為她從我身上「搶奪」了「定時耗損症」。

那麼，姬百合接近正在攻略遊戲的我，一直都在打算把密鑰轉交給其他人嗎？

至今為止那些毫不拘束且可疑的行動，全都是為了引我中計的圈套嗎？

不快的情緒在我腦中不斷盤旋著。

這是怎樣？我到底在幹嘛啊？這種事情我打從一開始就知道了不是嗎？所有接近我的傢伙都在企圖騙我，想把我殺掉埋起來。不這麼想的話，遊戲就沒辦法進行下去。照理說，這種事情我不是很清楚嗎？

「小、小春春？」

姬百合窺探著我的表情，說了些什麼。我已經搞不懂了。不管是注視的眼神還是飄來的香氣，一切全都是假的、騙人的。不可以相信。本該不能相信的。

不管去到哪裡，我果然都是一個人——

「小春春！」

「唔！呃，怎、怎麼了啊……？」

耳邊突然傳來一聲大叫，將我沉澱的意識拉了起來。臉頰發紅、似乎很生氣的姬百合映入我的眼簾。

「小春春，妳聽我說，應該說妳看著喔。」

「看什麼啊？我不打算再跟妳有任何關係——呃，咦？」

陰暗的思緒因為突然降臨的「混亂」，眨眼間就煙消雲散了。

我忍不住看了第二次——在半強迫下看到的姬百合的卡槽中，不知為何，現在依然存在著「定時耗損症」。

姬百合吐了下舌頭。

「對不起喔～我騙了妳。但就像這樣子，我沒有把卡片給任何人，一直都由我小心地保管喲。」

「這……不可能吧？」

儘管我感到目瞪口呆，但還是勉強開口說道：

「可是，距離拿到這張卡已經過好幾個小時了吧。雖然妳的ＨＰ算是滿高的，也不可能放在身上這麼久啊。即使剩下的手牌都是『恢復』也早就死掉了。」

「呃、呃，就是那個嘛～所謂的連攜額外效果？把『恢復』和『鐵壁』組合起來的話，一定時間內會變成再生狀態喲。啊，再生就是ＨＰ會持續恢復的意思。」

「這我知道，但不可能持續長達數小時吧。」

「啊……嗯，是不會呢……」

姬百合的雙手原本像是在敷衍似的搖著，現在則放到後面交握，用莫名鬱鬱不樂的表情看著我。她臉上各種神色交織在一起，相當複雜，要解讀並不是一件易事。

正因如此，我催動變遲鈍的思考，用盡全力轉動起來。

「定時耗損症」是會持續給予持有者定量傷害的密鑰。只要放在身上，其效果就不會消失。就算用一次性的符咒來恢復ＨＰ，其效果也會持續好幾個小時。這麼一想，只能認為要一直帶在身上是不可能的事情。

但是，姬百合實際上真的做到了。

怎麼做到的？我的頭開始隱隱作痛。「定時耗損症」的效果對ＲＯＣ的玩家而言，是「無法迴避」的。或許該說是所謂的時間限制吧，就是強迫玩家必須盡可能把這張卡放到最後再取得，然後在剩餘的時間內通關——

「……啊。」

想到這裡，我突然冒出一個巧妙的想法。

沒錯，原來如此，就是這個。一直持有「定時耗損症」還死不了的玩家確實不存在。那是犯規（作弊），不可能有這樣的事。

既然如此——那就從「姬百合根本不是玩家」的這個角度來思考怎麼樣？

「……我說，姬百合，我有件事想問妳。」

「什、什麼事呢？只要是小春春的請求，我什麼都願意回答喲～不管是三圍、喜歡的女孩子類型還是敏感帶都——」

「妳其實打從一開始就知道『老子』是公主了吧？」

「唔！」

姬百合睜大眼睛，不斷一張一合的嘴巴只吐出了空氣。一陣子過後，她才終於開始說出有意義的話語。

「小春春妳在說什麼啦！這是不行的喲，要是被人聽到該怎麼辦——啊。」

「看吧，妳果然知道。」

「唔～～～～～～！」

有那麼一瞬間，姬百合雖然沒有戴帽子，但還是做出將帽子拉低的舉動，然後她蹲下來，把臉埋在膝蓋上。細微的呻吟聲從手臂的縫隙間流瀉出來。

……沒錯。仔細回想起來，是有好幾個可疑之處。

比如說，她對於太過無知的我絲毫沒有懷疑，還主動提出要幫我進行遊戲教學，最一開始使用「撤退」時，她有意地忽略「雲居春香」還留在遊戲裡的事實，她遇到我的頻率，簡直就像是一直掌握著我的行蹤似的。

而最可疑的地方就是……

「在ROH宣布的活動資訊。姬百合，妳還記得內容嗎？」

姬百合微微抬起臉後，用不解的表情歪起頭。

「咦？你是指公主不能登出這件事吧？可是，之前也說過了，那完全沒有提示到什麼喲～？」

「對，那個部分確實是這樣，我想多半是在誤導吧。在活動中宣布的真正資訊……倒不如說，是『懷有二心的公主』這個詞組。」

「啊——————」

「沒錯，那個『二心』具有雙重意義，同時指『從帝國叛離、謀反』以及『公主的體內有兩個人』這兩個意思……不過一般來說，謀反比較符合文脈，不會想到是內在的不同。但是，一直黏著我和春風的妳，絕對察覺得到才對，而妳卻沒有殺掉我。」

理由很簡單。姬百合本來就知道我是公主，即使如此也沒有殺我的必要。也就是說，她本來就不是以玩家的身分參加這個遊戲。

「我們之前談過這個地下遊戲有三種人的話題吧，既然妳並非玩家也不是NPC，剩下的選項就只有一個了。妳是勝利條件之一，王的心腹——沒錯吧，姬百合？」

「…………咿嘻嘻。」

姬百合的表情僵硬了一下，很快便像是放棄似的吐出一口長氣。她一邊大大伸著懶腰，一邊站起身來，臉上浮現出惡作劇般的笑容。

「完全正確喲——我姬百合七瀨的真實身分，是『擬態』成玩家的『侍從隊隊長』，也就是女僕長。所以我也是負責照顧公主的人員喲，妳說是吧，我的主人。」

說著，姬百合捏住制服裙子的下襬微微提起，翩然向我行了一個禮。她應該是想要用貴族的方式打招呼吧，但我沒聽過哪個貴族會穿著膝上二十公分的迷你裙，大方展露出腿部的線條美。

「唉唉～」

儘管如此，姬百合大概是透過這個行動，重新調整了直到剛才為止的陰鬱心情。只見她臉上誇張地表現出消沉的表情，是我非常熟悉的那個姬百合。

「我還以為不會被發現呢～小春春真是的，未免太敏銳了吧。」

「不，『定時耗損症』明明就是妳自己失誤，沒有那個的話，我應該不會發現吧。」

「嗯～不過不過，把這張卡片帶在身上，或許就有機會通關不是嗎？咿嘻嘻，其實在設定上呢，我死掉後會立刻在小春春身邊復活喲。我在跟小春春說話時，已經死過好幾次了呢～」

「真的假的啊……妳就是這樣才能帶著『定時耗損症』嗎？」

我的回答自然而然地夾雜著傻眼的語氣。想得到這種作戰方式就算了，還化為實際的行動，然後又用無憂無慮的笑容說出這件事，我總覺得這一切都很愚蠢。

「…………呼。」

我微微垂下頭，小小地吐出一口長氣，然後再次和姬百合對上視線。

「我可以再問一個問題嗎？妳既然不是ＲＯＣ的參加者（玩家），那麼妳在遊戲中姑且是屬於中立的一方，但妳這麼積極地支援我沒關係嗎？」

「咦？這當然沒關係呀。說到底，從設定來看，『公主』和女僕長（我）本來就不是敵對關係……而且～」

「而且？」

「咿嘻嘻，小春春應該懂吧？還是想聽我親口說出來呢？嗯～？……咿嘻，聽我說喔，我是真的很喜歡小春春。春風和夕凪，兩個我都喜歡喲！」

「…………」

聽到那種直截了當的說法，我不禁陷入了沉默。

蘊含在姬百合眼神中的「熱情」，讓我感覺到自己的臉頰溫度慢慢上升了。

「——我呀，對自己感興趣的事物以外都提不起興趣。」

她說出了這種我似乎在哪裡聽過的主張。

「小春春有聽說嗎？斯費爾的地下遊戲是由先進技術開發部門（Fake Witches）第三課來負責大部分的構築作業。那裡的最高幹部叫做天道白夜，二十幾歲就晉升為斯費爾幹部，也就是所謂的天才喲。」

「……嗯，我知道，有見過一次面。」

掌管一切地下遊戲的遊戲管理員——天道白夜。

我不可能不曉得這號人物。那是在過去實現了我的願望，並且相對地烙下不可抹滅傷痕的惡魔。不知不覺中，我的雙手拳頭已經緊握了起來，柔軟的嘴唇壓出了齒印。

「對，沒錯！就是那件事喲～！」

姬百合沒理會露出這副模樣的我，逕自興奮到語尾都飛揚了起來。

「有個玩家用超乎想像的速度進行攻略，華麗地破了那個怪物般的天才所製作的遊戲。明明幾個月下來，所有玩家連制勝之道都找不到，卻有個異端分子（玩家）在開始遊戲後，短短一個星期就獲勝了！

那可是斯費爾史上第一個非正式、毫無仁慈且毫不留情的惡魔遊戲。

因為這個緣故，所有脫落的參加者都變成廢人或是引發了精神異常，就連當時的地下社會都具有『別去參加』這種絕對的共識，那遊戲就是這麼可怕！

而把遊戲攻略到體無完膚的地步——『讓遊戲結束』的人，就是夕凪你喲。沒有你的話，那個遊戲就不會結束，會毫無止盡地持續下去，一定會不斷出現『犧牲者』……咿嘻嘻，你在我眼中真的很像英雄呢，不感到好奇才比較奇怪吧？怎麼可能不心動呢！

所以我一直一直一直很想見你。從一開始就對你興趣濃厚喔！」

「…………哼、哼，怎麼接近我的盡是這種傢伙啊。」

「咦～不要把我跟十六夜混為一談啦～小春春也認為被可愛的女孩子糾纏比較開心吧？」

「就說了，我根本不想被糾纏好嗎！」

我猛地伸出手指指著姬百合，她則完全沒學乖，「咿嘻嘻」地露出笑容後，走近我一步。明明是個稀鬆平常的動作，我卻覺得現場的氣氛似乎都因此改變了。仔細想想，姬百合非常懂得該如何掌握「距離感」。

「聽我說喔，ＲＯＣ呢——是特地為春風打造的遊戲。」

她突然轉換了語氣。彷彿是在竊竊私語，又像是祈禱一般。

「不對，或許準確一點的說法，是要『剷除』春風。身為天才的天道白夜盡全力創造出這個遊戲，都是為了凌虐、毀壞春風。所以我想，小春春能通關的餘地，可能只有針孔大小吧。」

「針孔啊……」

「咿嘻嘻，很棒的『壞人臉』喲，小春春，感覺像是在說『有這麼大啊』……我畢竟是處於中立的立場，就算可以在背地裡守護春風，也沒辦法當她的特別夥伴。能夠拼上這塊碎片的，只有夕凪你而已喲——你說是吧，遲來的王子殿下？」

姬百合傾斜著紅色雙馬尾，開玩笑似的用了這種說法。她的眼神彷彿是在試探，又像是在守護，並且期待著什麼，看起來神采飛揚。

——我已經不會抱有「為什麼是我？」的想法了。

「那麼，姬百合，妳先把『定時耗損症』隨便換成六張稀有卡片，再立刻買回來。然後要確保手上有『同調』。『再次獲得』密鑰應該也會遭到咒殺狂戰士襲擊，等他一進入符咒的效果範圍，只要使用『同調』，就能達成條件。

雖然跟預定的不一樣，但得到武器店老闆、姬百合和咒殺狂戰士等『三個人』——這樣就『聽牌』了。」

「咦、咦？」

聽到我突然將話題轉回ROC的攻略上，姬百合驚訝得眼睛直眨。

「呃，小春春？雖然我自己這麼說有點奇怪，但我可是一直在欺騙小春春喔！即使這樣，你還是願意跟我一起行動嗎？不用解散嗎……？」

「要是妳變成敵人的話，我就會趁現在把妳打倒。」

「唔，不對啦，我不是這個意思！所以說，呃，那個……」

「……唉，真是的。妳到底想怎樣啊？」

面對態度不乾不脆的姬百合，我一邊口出惡言，一邊用力搔了搔脖子。

可惡，都說到這份上了，應該聽得懂吧。不如說，給我聽懂啦，想害我丟臉是不是？……而且這傢伙從一開始就知道裝在「雲居春香」裡面的是我，所以她是在這種情況下做出那些好色的行為喔！這麼一想，感覺各方面來說都不太妙。全身都熱了起來。

但儘管如此——現在才要懷疑姬百合實在是太晚了。

「聽好了，我並不是全盤相信了妳的一切，絕對沒有這種事情。不過，就那個嘛，妳不是玩家的話，多少比其他傢伙好一點這樣……沒錯，我的意思是，姑且『相信妳是夥伴』。不討厭的話就跟我走吧，姬百合。至少妳玩弄『雲居春香』身體的份要用工作表現來抵掉啊。」

「…………唔。」

我說完的瞬間，姬百合的眼眸裡就湧起了淚水。

也許，她自己也沒料到會這樣吧。只見她像是要掩飾似的垂下頭，用雙手揉了揉整張臉。

然後——情緒一轉。

她一鼓作氣地抬起頭，露出純淨的笑容向我撲抱過來。

「咿嘻嘻，就是要這樣才行呀！」

#

『——很抱歉，我不能成為妳們的協助者。』

咒殺狂戰士如同字面意義地飛過來後，我們複製「定時耗損症」給予其傷害，驚訝地發現裡面是之前那個美女圖書館員，看到那張冰冷的臉龐不甘心似的扭曲後，我笑了一下，結果自己的臉就在瞬間挨了一記痛揍（毫不留情的拳頭攻擊）。

緊接著，終端裝置便顯示出要求聯絡許可的通知。

對方自稱「勇者」，坦言是最後一個「王的心腹」，然後就開始用平靜的語調說道：

『首先恭喜妳們，為避免造成混亂，我就說出這一切的前因後果吧。任一玩家達成「協助者三人」就是將我召喚出來的觸發因子。本來的話，我應該把我的所在地告訴妳們，並且提出該達成的條件。』

勇者不知為何用感覺不太妙的過去式來說話。

如我所想，他用「但是」這兩個字來承接下言。

『這是假設妳們為「普通」玩家的情況——若是如此，事情就簡單多了。我只要說「我明白了。既然我所信賴的人們都這麼說，就表示那位君王是惡人吧」這樣即可……不過，除了妳們以外的玩家根本不可能到達我這裡就是了。』

「嗯？為什麼啊？只要碰巧知道姬百合的真實身分，就還有可能性啊。」

『不，妳沒聽她說嗎？讓侍從隊隊長加入的條件，除了「識破『擬態』成其他玩家的她的真實身分」之外，還有「從未對公主起過殺心」。只要是曾經選擇要殺死公主這個選項的玩家，當下就會失去讓她成為協助者的資格，所以才沒辦法到達我這裡……然而……』

勇者的聲音陰鬱沉重。他用發出最終宣告般的口吻，淡淡地說出事實。

『妳們也注定要在這裡止步。我將準備好的台詞告訴妳們吧。「要我成為妳們的協助者？……以為我會答應嗎？妳們是打算聯合起來陷害我。若想用蠻力使我屈服的話，我亦會傾盡一切力量抵抗」。』

「什麼…………？」

『我的設定(角色)似乎是疑心病很重呢，一直都在警戒狡猾的公主——總之就像這樣，應該說這個條件本來就是障眼法吧，並沒有要讓玩家達成的意思，真的很抱歉。』

「……竟然……是這樣啊。」

『是的——啊，請妳別誤會，我也只是基於「勇者」的立場才會說出這些話，並不是特別恨妳——』

我單方面地掛斷通話，半帶焦躁地喘著氣。急遽增快的心跳平復不下來，我雙手抱著頭蹲下身體。

——瞬間被打落無底深淵。我現在的心情可謂如此。

障眼法。說是障眼法？如果相信勇者所說的，第二種勝利條件就是假象吧。指示的其中一條道路根本沒有連接到終點。永遠不可能集結四名叛軍。

不對，不只如此。因為，這樣一來，「雲居春香」就完全走投無路了。

「唔……！」

承認這一點的瞬間，我的腦內深處便痛了起來。

但是，嗯，沒錯，確實如此。雲居春香少少的HP無法一直將「定時耗損症」帶在身上，出於立場的因素，得不到勇者的協助，而所謂的殺死公主，簡單來說就是自殺，在通關前就會先死掉了。

「這是怎麼一回事……唔！為什麼啊？為什麼會變成這樣！這簡直就像是——打從一開始，就完全沒有要讓公主獲勝的打算啊……！」

面對如此絕望的狀況，我口中說出的，是這種彷彿在亂發脾氣的譴責。

不……我知道。我一直都知道。姬百合的確有說勝算只有「針孔」的大小，從斯費爾的特性來看也沒有錯。但是……

「我找不到啊！」

我找不到。制勝之道這種東西，除了早已被摧毀之外不作他想。

果然——公主，春風，只是為了被狩獵而準備的存在嗎？這種……這種爛到透頂的答案可以當作正確解答嗎？如果是的話，理由是什麼？斯費爾為什麼要做這種莫名其妙的事情？

「我不知道啊……可惡！」

咚的一聲毆打牆壁後，傳回超乎想像的疼痛，脆弱到不行的我，臉頰再次被眼淚濡濕。

「玩家名稱：雲居春香。

『受詛咒的密鑰』收集狀況1。『叛軍（Burst）』集結狀況3。

狀況：勝利條件1及2，無法實行。

——要自殺（Retire）嗎？」

我聽說這個世界有學校這樣的地方。

等等等等——

什麼叫做聽說有啊，阿凪？

說得好像你是第一次聽到一樣。

開玩笑的。我當然知道喔！

那個，我想要去學校看看。

好不容易得到許可了，我真的真的很想去看看。
耶嘿嘿，學校……究竟是什麼樣的地方呢♪

耶嘿嘿!?而且還有音符!?

嗚哇、嗚哇，阿凪壞了。我最近就覺得不太對勁，結果阿凪終究是壞了！

噯，阿凪，你有沒有吃什麼奇怪的東西呢？這幾天之間……啊，該不會是我煮的粥吧!?怎麼會!?

唔唔，我覺得很遺憾。我並沒有壞掉。

啊，不對。

老子才沒有壞掉咧，沒有吧？

嗯，我們別去學校了，去醫院吧。阿凪很不妙。

話說回來，阿凪哪是會想去學校的人啊。雖然我不想這麼說，但我想你在學校也待得不舒服吧。

原來……是這樣嗎？

嗯嗯。

我知道了。

？知道什麼了？

報恩——的方法，或許有了。

第四章　轉機

CROSS CONNECT

#

「阿凪？噯，我說阿凪你啊，怎麼從剛才開始就一直不說話？」

「…………」

「阿凪？阿凪～？聽～得～到～嗎？……喂，明明是阿凪還敢無視我，膽子很大嘛！」

「…………」

「唔……唉……受不了。我說真的，你到底怎麼了？你這樣我很無聊耶。」

青梅竹馬從剛才起就以煩人的距離感走在我旁邊，現在終於噘著嘴隔開身體了。看到她略顯無精打采的表情，儘管我產生了罪惡感，但遺憾的是，我現在沒有心情去應付這些。

……昨天，在那之後我就立刻登出了，並且鎖上房間睡了一整天。我當然沒有取得春風的同意。現在變成是我突然放棄才剛決定好的責任分配。交換日記擺在那裡，彷彿在提醒我看似的，但我連瀏覽的力氣都提不上來。

我究竟搞錯什麼了——心頭又浮起不知是第幾次的悔恨。

搞錯。

對，我一定是在哪裡犯下了決定性的失誤。畢竟我完全不覺得有任何可以挽回現在這個局面的可能。密鑰的處理方法？協助者的獲得順序？不管哪一個都太遲了，不可能趕得上。儘管如此，我還是忍不住思考了起來。

雪菜毫不在乎我滿腦子的雜念，冷不防地說出了奇怪的話語。

「嘀嘀咕咕、嘀嘀咕咕……阿凪就是這樣，難得我對你有點改觀了，這麼快就白費了。」

「…………？」

「啊，只有一點點而已喲，一點點而已。『昨天的阿凪』有一點……嗯，或許該說是帥氣吧。總覺得很像以前的阿凪——呃，我從剛才開始都在說些什麼呀！」

我用狐疑的眼神看著自顧自地尖叫又臉紅的雪菜……這傢伙在說什麼啊？她說的內容太片段了，我聽不太懂。

「……算了。」

我反射性地要把手放到脖子上，但因為懶得動就放棄了。

然而，之後回想起來，我應該抓住這個疑點追問下去才對。

早安。早安啊～垂水。啊，垂水同學今天沒遲到呢，昨天的功課寫了嗎？來得太慢了吧～夕凪～欸欸，你有沒有看今天早上的電視啊？今天的體育（網球）課跟我一組吧。是說夕凪，傳ＬＩＮＥ給你要記得回啦～

「————啊？」

隨著發出呆傻的聲音，書包也從我肩上滑落了下來。

一如往常的教室。一如往常的時間。一如往常沉默地打開門的我，但迎接我的卻是不同往常的「開朗問候聲」。

「呃……咦？」

面對眼前一片我無法理解的狀況，我先是僵了僵，然後慌了起來，忍不住往後退去。

「嗯？你在這種地方幹嘛呀，阿凪？很擋路耶，快進去啦。」

「唔噢！」

要不要就這樣逃走算了——這個想法劃過腦海的瞬間，我就被慢來一步的雪菜從後面推了一把，於是我踉踉蹌蹌地被扔進這個謎樣的空間。

就在此時，大家像是看到不符時節的轉學生似的一擁而上，把我的四周包圍了起來。

我勉勉強強才能把臉和名字對起來的同班同學們，全都爭先恐後地跟我說話。

每一個人臉上所浮現的都是單純的好意，絕非惡意，連好奇心都不是。他們絲毫沒有要陷害我的想法，只有期待和關心這種正向情感洶湧地交錯在一起。

要打個比方的話，就是過去的我所失去的、沐於陽光下的日常時光。

如此溫馨到不行的空間，對現在的我來說，打從心底覺得坐立難安——我忽然想到一件事。

「是春風嗎……？」

我囈語似的喃喃說道。

沒錯，若是這樣的話，也就能解釋雪菜的那番發言了。昨天的我——也就是春風，在這裡做了些什麼，所以班上同學對我的評價倏然改變了。

但是，為什麼春風要做這種事情？是討厭在班上受到排斥嗎？還是說……她該不會是打算嘲笑沒有朋友的我吧？

「開什麼玩笑……」

我小聲說道，而聚集起來的同學們都歪起頭，一副「你說了什麼？」的模樣——或許應該在這裡打住的。或許壓下內心的不安，把不舒服的感覺塗蓋起來，做出能夠得到平凡幸福的聰明選擇才是好的。

然而，由於無望通關ＲＯＣ，讓我的心情一直很浮躁，因此在這個時候，我做出了我所能想到的最差勁應對。

「吵死人了！不要吵吵嚷嚷鬧成一團啦！啊啊可惡，那個混帳傢伙，竟然在我辛苦操勞的時候做多餘的事情！根本給我造成麻煩，太擅作主張了吧！算我求妳，別再跟我扯上關係了好嗎！」

我一邊感受著教室內凍結住的氣氛，一邊將書包棄置不管，就這樣離開學校。

「——你給我站住。」

就在我穿過操場的時候，一道聲音從頭上降落。

「我感到非常遺憾喔，內心很難受。雖然我很中意你，但現在的你不太能引起我的興趣呢。哎呀呀，竟然說『多餘的事情』，我真的是傻眼了。」

和這番話同時跳下來的，該說是不出所料嗎，是穿著連帽上衣、叼著棒棒糖的可疑人士，也就是瑠璃學姊。

學姊往我踏近一步，用那雙幾乎遮掩起來的眼眸探究我的表情。

我感到尷尬而移開視線，然後一邊小心別讓聲音顫抖，一邊開口說道：

「……為什麼妳會知道那種事情啊？」

「也沒有什麼為什麼，我幾乎所有事情都知道喔，只要是感興趣的事情，大多都知道。」

學姊用不知是開玩笑還是認真的語氣這麼說道。實際上，如果為數不少的傳聞都是事實的話，她這樣的人物擁有這點程度的能力也不奇怪。

「既然如此，我想妳應該可以理解吧，學姊。那就是多餘的事情……因為我又沒有在期望那種事情。真要說的話，我昨天的行動就類似輕微的惡作劇，只是偶爾改變一下風格而已。我現在膩了，決定恢復成原本的我。」

「哦？——原來如此。聽到你對我說謊，沒想到是這麼令人不爽的事情呢。」

「……學姊？」

在對話的空檔，學姊也慢慢地朝我接近，不知不覺已經迫近到我眼前。她現在是從正下方仰頭看我的姿勢。從瀏海的縫隙間可窺見她的眼睛呈現一絲憤怒之色，甚至能從她的嗓音感覺到一股懾人的魄力。

「你是真的打從心底認真地覺得，『那種絕技』是抱持著『輕微的惡作劇』這種程度的心情就做得到的嗎？」

「咦？——沒有啊，可是，那種……」

「直到前天為止。」

學姊插進這句話，然後接下去說道：

「坦白說，你在班上的評價是在底層。即使沒有出現實際的霸凌行為，每個人也都在疏遠你，不願接近你。這一點你自己也承認吧？」

「這個，嗯，是啊。妳說得沒錯。」

「但是，這種情形在一天之內顛覆了……你知道這代表什麼意思嗎？你至今長年累月積起來的負面評價，她用一天的正面評價就彌補回來了。」

「妳說她……咦？學姊妳怎麼會——！」

「請你不要追究那種無所謂的部分——我問你，她為什麼要採取那種行動，又為什麼要『越過本分試圖干涉你』，你難道連想像這些事情的餘力都失去了嗎？如果是的話，我有點掃興。這樣的你真是無聊。」

「——唔……對不起，學姊，我想起我還有事，先走一步了。」

宛如冷冽刀刃般銳利的話語道破問題所在，我就這樣低著頭衝了出去。

我用全身感受著風的吹拂，幾個關鍵字在腦中浮現又消失。班上評價的變化。那種絕技。惡作劇。春風採取的行動。干涉。像是要從ＡＩ的框架中逃脫的越權行為，以及其理由。

……的確，說是「輕微的惡作劇」太過分了。這一點學姊說得對。

但若是如此，她付出的就是更加——不便宜的等值代價，如果沒有相稱的報酬的話，那不是很奇怪嗎？既然對春風本身沒有好處，認為她的目的是想貶低我應該很合理吧？畢竟，「自己」的好處與「他人」的壞處是相對的等價。

拜託了，春風，請妳告訴我是這樣沒錯吧，不然的話，我重要的（壞掉的）價值觀就又要被打亂了——

「唔！」

咬得太過頭的嘴唇已經變成了紫色。

#

『所以，我請雪菜小姐和瑠璃小姐的幫忙，舉行了讓大家知道夕凪先生的優點的作戰喲！耶嘿嘿，之所以沒有事先告訴你，是因為這是要謝謝你平日的照顧，我想給你一點驚喜。

你知道嗎？驚喜這種東西真的非常棒喲。既開心，又會覺得暖暖的。就像夕凪先生第一次回應我的聲音的時候，心情會輕飄飄的。我很希望你也能感受到當時那樣的幸福。

耶嘿嘿，怎麼樣呢？你開心嗎？

我好緊張。原來為別人做點什麼會讓心口跳得這麼厲害，我以前都不知道呢。這是新發現，真的好驚奇。

如果夕凪先生覺得開心的話，我的努力便是有意義的。』

「可……惡！」

不知不覺中，紙張已經在我緊握的手中變得皺巴巴的。

我是笨蛋。前所未有的大笨蛋。

春風以這麼純粹的心意所採取的行動，還有她想表達的感謝，都僅僅因為我心情煩躁這個理由而付諸流水了。我擅自懷疑、捨棄、傷害了她。連去想像這是具有多大意義的事情都沒有。

我用手指摩娑著她拚命寫下來的筆致……都到這個地步了——

她都為我付出到這個地步了——我還要繼續當個窩囊廢嗎？

真無聊。現在的我沒有意思。雪菜和瑠璃學姊都這麼說我。這是當然的，因為我打從一開始，能報答春風的事情就只有一件而已。如果還要放棄這唯一的一件事，那就太不像話了。

「…………」

纏繞在我心頭的想法有兩個——不相信人，以及完全相反的極端。

這兩者不斷搖晃，嘗試吞噬彼此，造成這股動搖的便是春風。

正因如此。

我不可能在此停下腳步——

一奔出家門，我立刻一直線地衝回學校，用滑壘的方式滑進上課中的教室裡，向目瞪口呆的所有同班同學下跪。

「很抱歉我剛才跟大家大聲發脾氣！都怪我當時有點煩躁，所以我希望大家能原諒我。你們今後也一定要跟我還有『這傢伙』好好相處啊！……拜託了！」

一瞬間的沉默籠罩著現場。

緊接著蔓延開來的是輕笑聲，但我想那應該不是嘲笑。

看到阿凪那豪邁的滑壘下跪，不知為何，我突然想起從前的事情。

♭

我——佐佐原雪菜，曾經出車禍而受重傷。

那是距今四年前左右，我還在念國中時的事情。

我當時的個性既文靜又內向消極，也不怎麼善於交際，沒有什麼可以稱為朋友的人。所以，那一天我也待在家裡看書，不過，我的青梅竹馬突然跑進我的房間，把我帶出門到隔壁城鎮玩耍。

那個青梅竹馬就是阿凪——垂水夕凪。

他這個人一直以來總是能夠把自己的事情擺在一邊，為了他人而行動……是我喜歡的人。

那天，阿凪也強硬地拉著我的手，但我知道他是不想讓我覺得內疚。「我又不是為了妳，是我自己想這麼做的。」他好像說了這句類似口頭禪的話。沒錯，阿凪基本上就是個傲嬌。

結果，那天我們唯一一次放開彼此的手，是我在回家路上發現毛色稀有的野貓的時候。

我明明沒有特別喜歡貓，卻追著他（還是她？）不顧一切地衝到了馬路上——然後狠狠地被大型車給撞飛了。

好像還啪嚓一聲，傳出感覺與自己無關的聲響。

在低空劃著圓弧飛翔的視野中，映著上下相反的景色、一隻狀似不解地抬頭看我的貓，以及……睜大了眼睛的阿凪。隨後我摔在地上，耳邊直到最後也一直可以聽到阿凪的聲音，雖然我無法回應他就是了。

後來，我好像被送到附近某間大學附屬醫院。這部分是我後來聽人家說的，當時，為我看診的醫生開口的第一句話，就這麼說道：

「雖然保住了一命……但還沒有脫離危機。接下來幾天會是關鍵期。」

那句話要怎麼說？是「我對此深表遺憾」這樣嗎？好像不對。

我的身體在那個當下已經受損到不堪入目的地步。這是一個年紀輕輕的女國中生不該遇到的悲劇。醫生似乎判斷我就算救回一命，這輩子也沒辦法行走了，連說話都會有困難。

但是——儘管如此，我到現在還是活蹦亂跳的。我可不是在逞強喔。

被說是幾乎沒有希望復原的我，在發生車禍後「短短十天」內就痊癒了，這件事在當時引發騷動，有人說是神的奇蹟，也有人說是惡作劇。然而，其實我知道這個「奇蹟」的由來。

某天深夜——

沒有意識的我被固定在醫院的病床上，卻有一道不可思議的聲音傳進我的腦中。

『妳真的是非常幸運的少女。』

『妳該好好感謝他。是的，沒有錯，正是他的才能拯救了妳。』

『不過，他可能因此……變得有點不正常就是了。』

所謂的他，指的是誰呢？雖然那個聲音沒有告訴我，不過總之到了隔天，我就像是從深沉的睡眠中醒來似的，從床上爬起來了。

然後，我馬上就注意到阿凪不在。按阿凪的個性，我還以為他一定會在這裡，卻是不見人影。明明他也不可能連續好幾天都留在這裡陪我，但當時的我很任性，還因為這樣而鼓起臉頰生氣。

後來，是媽媽告訴我的——阿凪一開始的三天一直都陪在我身邊。不過在這之後，他「忽然消失了」。沒有在家也沒有去學校，任何地方都找不到他，甚至還報警協尋了。

媽媽說，他在今天早上帶著非常差的臉色回來了。

「他看了一眼妳的臉色後，露出了淡淡的笑容呢。不過，他很快就回去了。」

我當下只覺得「是喔」。畢竟是阿凪，那個聚集善意、行動力與厚顏無恥於一身的傢伙，之後一定就會來看我了。當時的我仍舊像這樣依賴著阿凪。

然而，即使我出院了，阿凪也沒有來看我。

我鼓起勇氣主動去找他，可是他不怎麼搭理我。

直到本來很受大家歡迎的阿凪在學校遭到孤立後，我才終於發覺到。

原來如此，那個變得不正常的人就是阿凪。阿凪用「奇蹟」救了我，自己則取而代之崩潰了。如同他一貫的作風，為了其他人、為了我，犧牲了自己。

我高興不已，也懊悔不已——所以，不管被拒絕幾次，不管受幾次冷遇，不管被無視幾次，我都決定要強硬地、不由分說地、厚臉皮地一直待在阿凪身邊。我不再內向消極了。

因為，我是最了解阿凪優點的人。

——所以……正因如此，我才會感到很高興。

我知道昨天的阿凪不是他本人。畢竟阿凪才不會那樣。如果光靠相同的外表就以為能騙過青梅竹馬，那可就大錯特錯了……不過，那個阿凪也是個好孩子就是了。如果能好好見上一次面的話，我們應該能成為好朋友。

但是，我喜歡的阿凪果然還是這一個——我一邊看著滑進教室頭著地的青梅竹馬，一邊這麼想著。

啊，呃，我沒有奇怪的意思喔。並不是征服欲之類的……我說的是阿凪的表情。那眼神並不是要讓自己遠離周遭的一切，而是拿出一不做二不休的氣勢，做好用整副身體與別人碰撞的心理準備。

啊……我張著的眼睛不禁落下了淚水。

這淚水是屬於哪一種的呢？是因為阿凪變回以前的阿凪了嗎？還是說……是因為我知道「現在位於阿凪視線前方的人不是自己」呢？

我不知道。雖然我不知道……但是……

「阿凪果然還是要這樣才行呀。」

阿凪有一瞬間往我這邊看了過來，我則很快地微微揮了下手，向他示意——好了，快點去吧，笨蛋。

#

我沒辦法登入ROC。

當我再次離開學校後，我身上就發生了這種異常事態。

其實，登入這件事本身並沒有什麼明確的目的。只是我事到如今才覺得遊戲進行到一半就放棄很丟臉，所以嘗試要回到遊戲中——然而，不管我在圖形鎖的畫面畫幾次Z字形，都會彈出「密碼錯誤」這種冷冰冰的顯示。

「……可惡，可惡！這是怎麼一回事啊……！」

我勉強壓抑住因為焦躁而粗喘的氣息，穿著制服就往市區跑去。

我不知道無法登入的原因。春風在那邊被捲入什麼特殊事態了嗎？還是說，她被誰殺了嗎？雖然我不願意這麼想，但這也不是不可能的事情。畢竟，上次我沒有多想就使用了最後一張「撤退」卡。

如果「公主」已經死亡，而「垂水夕凪」沒有受到波及的話，照理說，這符合了我當初的期望──但是，我已經無法對這樣的結果感到高興了。誰能接受這樣半途而廢地結束啊。

「……對了。」

我突然想到一個點子，於是又一次將手伸進口袋，這次正確無誤地解開手機圖形鎖。接著，我點選位於APP一覽角落的「ROH」。

「ROH和ROC是連結在一起的──」

這是死馬當活馬醫的想法。所謂的「連結」，說不定只是指上次那種提示資訊而已。但是，ROC毫無疑問是沿用ROH的世界觀來設計的。就算再細的絲線，只要是連在一起的，或許就有辦法拉到身邊。

「有嗎？有沒有？拜託連到ROC啊……！」

我連按好幾下遊戲主頁畫面中的選單列，瀏覽各種項目。什麼都好。只要是能連到ROC終

端裝置的「通訊」之類的，或是用聲音硬是把訊息送過去的功能都可以。就算是兩邊世界能夠連結到的留言板也無所謂。

然而，那種東西不存在。

我無力地閉上眼睛，而我的手指——似乎偶然碰觸到某個項目。開始播放以社群手遊而言顯得相當沉穩的音樂，我不禁看向畫面。

「……『探索模式』？」

畫面上映出了我操作的3D模型角色和各種狀態資訊，還有手牌裡的符咒卡。遊戲大概跟相機有連動，因此背景並不是插圖，而是現實世界本身。

原來如此，這就是一邊到處探索，一邊往前推進的擴增實境(AR)遊戲。我學到了一個不太重要的知識。

「現在又不是做這種事的時候。」

我稍微咒罵了一下，立刻就要關掉APP。仔細一想，起初登入ROC好像也是操作失誤造成的，真的是很會給人添麻煩耶。我這麼想著，又瞪了畫面一次——

「唔！」

現在……背景上，是不是倒映著一個揮舞著巨劍的人？

當然，那種傢伙沒有出現在我的視野內。但是手機中，理應是隔著鏡頭映照出來的現實世界的畫面，確實存在著那種瘋癲的人類。

「該不會……」

我的心臟用力地怦怦作響。我跟隨直覺，就在啟動「探索模式」的情況下，環視周遭的景象。結果，還真的有。我看到了好幾個不可能出現在現實中的戰鬥痕跡。

對，錯不了，這起到決定性的作用。

「ROH的探索（AR）模式會映照出ROC的『遊戲場域』！」

既然如此，我一定能夠找到春風。

——我一邊將映照在手機畫面上的「ROC」與「現實世界」重疊起來，一邊全力奔跑著。

我好久沒有像這樣為了某個人而把自己弄得氣喘吁吁。最後一次的記憶，大概是四年前吧。在那之前的我，本來很善於「管閒事（做這種事）」，但在經歷過那個遊戲後，這種強硬的性子就突然消失了。

為了拯救出車禍受重傷的雪菜，我心無雜念地參加了那個遊戲——在那裡，我置身在為數龐大的惡意之中，遭到擊潰而崩壞。用「不相信人」這幾個字來形容我都還算太過輕描淡寫，我開始什麼也無法相信，感覺草木皆兵，一直都處在鬱鬱寡歡的情緒中。

直到與春風「互換身體」為止。

直到那傢伙用出乎意料的純真之情（方法），顛覆我完全扭曲的價值觀為止！

對我來說，春風的存在太過眩目。那是把過去的我所擁有的東西，再徹底單純化的天性。而且春風落到比我還慘的處境，卻未曾失去自我。她很堅強，實在太堅強了。我真的老是受到那傢伙的影響而產生動搖。

但是，正因如此——

「我就陪妳走到最後吧，春風……留妳在這種地方太不划算了。嗯，把妳丟下是我不好，如果妳在生氣的話，我向妳道歉。所以……所以別躲了，快點出來吧！是妳讓我打算這麼做的，妳得負起責任啊！」

我不管周遭的目光，逕自大吼著——就在此時——

我看到畫面上出現了某個熟悉的身影。

我一時之間無法相信，眨了好幾次眼後，再次探頭看著畫面。人影並沒有消失。這裡是人工河川的河岸，第一次互換身體時，「我」所哭泣的地方。那個少女現在也一副快哭出來的表情，但彷彿正在強忍一般，雙手抱膝坐在地上，低垂著頭。

我想出聲，卻只發出嘶啞的嗓音，便紅著臉清了清喉嚨——咳咳。

重來一次（Retry）。

「……欸，春風。」

我用夾雜著緊張的聲調跟她搭話。

畫面中的少女——簡直像是從客觀角度看自己一樣，感覺很不可思議——似乎並沒有注意到我的聲音。大概是聲音沒有連接吧。明明就近在眼前，卻隔得好遠，我的心傳來陣陣刺痛。

我與她無法相遇。

我和春風所居住的世界不同，所以永遠也無法相遇。

——然而，我怎麼可能放棄啊，混帳。

「春風，是我。我是夕凪。」『……』「抱歉我來遲了。」『……』「幹嘛啊，妳在氣我遲到嗎？」『……』「我啊，雖然是第一次跟妳見面，但總覺得像是認識很久了呢。」『……』「可能是因為我們互換過身體，而且也透過交換日記了解到妳的個性，不過應該不只如此吧。」『……』「我和妳很像喔，同樣都是被逼入了絕境，但妳比我嚴重多了。」『……？』「不過——我也一樣不想再被丟下了啊。」

語畢的瞬間，春風的肩膀震了一下。她一邊甩動著頂級的金絲，一邊左右看來看去，像是在尋找誰似的眨著眼睛——然後，朝著虛空開口了。

『難道說，是夕凪先生嗎……？』

「唔！對、對啊，妳聽得到嗎？聽得清楚嗎？」

『是的——很清楚！』

春風輕輕點頭後，優雅地壓著裙子靜靜起身。從舉止來看就跟我完全不同了。雖然這種說法很奇怪，不過如果是這樣的話，我想對「雲居春香」來說應該也是如願以償吧。所謂的人類，似乎光是內在改變，看起來就會如此不同。

而春風東張西望地環視周遭。

然後，她用雙手用力地擦了擦滲出些許淚水的眼角。

接著，照理說她應該看不到我，卻近乎筆直地看著我——露出了心滿意足的笑容。

『初次見面，對吧，夕凪先生……耶嘿嘿，我們終於相遇了。』

#

『首先，很抱歉，是我在阻撓夕凪先生登入。』

移動到附近的長椅後，春風立刻如此起頭說道。

我和春風分別坐在現實世界和地下世界(ROC)的同一張長椅上。雖然我還要透過手機畫面來看她，令人感到很焦躁，但總之是取得對話的形式了。

「……我可以姑且問一下妳為什麼要這麼做嗎？」

『這個……有一點難以啟齒。夕凪先生應該已經知道了吧？』

「是有隱隱感覺到，但我想聽妳親口說出來。因為我其實有點生氣。」

『啊嗚，你果然察覺到了呀。』

畫面中的春風微微垂首，在大腿上交握的雙手不斷蹭動著。她抬眸往我（應該在的方向）瞥了幾眼，游移著視線，然後像是認命似的開口說道：

『是聲音──我聽到了夕凪先生的聲音。』

「聲音？」

『是的，而且應該是絕望……由於我們表裡相互連接，所以情緒激動的時候，似乎就會傳遞「聲音」給對方。』

「……」

原來如此。這麼一來，我一開始聽到的「幻聽」，就是春風的哀號了。

「然後呢？」

『所以說，呃……那個，我直覺認為夕凪先生在攻略遊戲上陷入困境，因為聽起來實在太絕望了……於是我──』

「──於是妳覺得『雲居春香』在不遠的將來就會在遊戲中死亡，為了避免那個當下的『內在』是我，妳就鎖住登入了？」

『啊嗚……耶嘿嘿，夕凪先生果然很敏銳呢！』

「不是啊，妳在這種地方明顯地敷衍過去有什麼用？」

春風低聲呻吟，感到傷腦筋似的露出憂鬱的神色。

就算是斯費爾的ＡＩ，直接干涉ＲＯＣ的伺服器，改寫登入條件這種事情，我覺得已經超越了絕技，根本是「不可能的任務」……不過，既然實際做到了也沒有辦法。問題在於這麼做的「意圖」。

『……可、可是！』

大概是從我的聲音察覺到了我的想法，春風突然大聲說道。她緊緊握著雙手，控訴似的擠出後續的話語。

『這很正常，是再自然不過的事情，畢竟……這具身體本來就是我的。夕凪先生只是運氣不好被捲進來而已。既然如此，要死在ＲＯＣ的應該是我才對！』

「……」

『而且……耶嘿嘿。我到底是ＡＩ（物品），我想也有人認為製作者想怎麼做是對方的自由。確實如此。雖然我並不想死。』

春風突然低下頭。也許她不想讓我看見她的臉龐，但斗大的淚珠滴答滴答地滴落到她緊握在大腿處的拳頭上。

『我呢……已經夠幸福了。被丟進ＲＯＣ之後，我一直孤零零的，生活在恐懼之中……但我這幾天過得很快樂。有這些回憶的話，不管發生多麼痛苦的遭遇，我都一定不會有事的。我承受得住。』

「…………」

『我承受……得住……喔？』

春風終於抬起頭，試圖要露出笑容，但她的臉上早已是淚痕斑斑。

——我總算明白了。這才是斯費爾的意圖所在。

他們先給予春風孤獨和恐懼，然後準備我這樣的存在作為一絲希望。但是，這並不是什麼可能性，而是要將春風推入更深層絕望的「虛假的希望」。

畢竟，不懂什麼是希望，哪可能知道什麼叫做絕望。

因此，他們安排我到她身邊，當作一種撒餌，以便灌輸負面情感給過於純粹的ＡＩ。

而這恐怕，是在為「下一次的遊戲」鋪路——

「……唔。」

我的臉頰不知何時僵硬了起來。拳頭握得遠比春風的還要用力。

這樣啊。為了那種垃圾計畫，你們就讓這傢伙露出這麼傷心的表情嗎？

「有一件事……有一件事我要更正。」

『咦……？』

我一邊緩緩地吐出氣息，一邊這麼說道。春風微微張著嘴等待我的下文，沒辦法朝她伸出手讓我不甘心到了極點。我和春風之間果然還是隔著世界和次元這種規模的巨大鴻溝。

但儘管如此，只要能夠傳遞話語，我就是離妳最近的人。

「妳之前說我只是被捲進來而已，其實錯了。斯費爾——天道白夜（遊戲管理員）是指名要我參加。如同妳被那傢伙虐待一樣，我也早被他盯上了。所以這不是巧合也不是意外，我和妳一組是必然的結果。」

『啊……可、可是……』

「沒有什麼好可是的。我是之前的地下遊戲的通關者，他為了洩憤，讓我在這次的遊戲中擔任『一絲希望』。當然，劇本是寫到我和妳一起被擊垮的部分。」

我說了聲「但是」，繼續下文。說著說著之間，我漸漸煩躁了起來。

計畫？劇本？你這個人是怎樣，以為自己是神嗎？

「我說，春風，妳覺得很快樂吧？妳之前說過我這邊的世界很燦爛耀眼吧？還說過既開心又幸福吧？妳難道不想繼續下去嗎？那麼乾脆就放手真的好嗎？像這種事情啊，只要失去一次，通常都沒辦法再挽回了喔。」

『我……我……』

「順便告訴妳，我可是很討厭喔，那種令人不爽的結果，誰會感到高興啊……所以，我再問妳一次，再給妳一次回答的機會。

妳究竟想怎麼做——怎樣的結果才是妳希望的？」

之前寫在筆記本上的問題，我再次拿來問她。雖然她當時沒有給予我清楚的答覆，但現在已經不能再閃避了。因為妳不給我答覆的話，該怎麼說才好，我就沒有展開行動的藉口啊。

『……』

春風沉默地垂著頭好一陣子。她的側臉看起來極為認真且正直，幾乎要將人震懾住。

而後，她忽然站起身，喊道：

『我——還有、還有很多想做的事情！今後也想繼續活下去，現在完全不夠……！說我任性也好，貪心也罷。我——春風……想要和夕凪先生牽著手，和他在一起……永永遠遠地在一起！』

「了解，公主殿下。」

畢竟是在這個當下，我也不禁有點耍帥地這麼答道，然後與畫面中的春風直直地對上彼此的視線。

伸出的手觸及不到她，也無法撫摸那一頭長髮。

儘管如此，兩個世界確實隔著小小的畫面相連著。

這實在是很奇妙的交叉連結（Cross Connect）。我與春風是如同字面意義的一心同體，背靠著背，無法取代的獨一無二的存在（Partner）。由於我們隨時都伴在彼此身邊，慢慢恢復成原本的「自以為男主角」秉性的我，已經「不會再說出洩氣話了」。

正因如此——一抹竊笑浮現。

我毫不掩飾地勾起嘴角，發出宣言：

「仔細聽好了，春風……我們從現在開始，要將這個遊戲攻略到體無完膚的地步。」

讓天道白夜，讓斯費爾後悔選擇垂水夕凪來當春風的夥伴。

「玩家名稱：雲居春香。

『受詛咒的密鑰』收集狀況1。『叛軍』集結狀況3。已喪失（Lost）所有勝利條件。

狀況：重啟攻略。」

給位於稍遠未來的夕凪先生。
當夕凪先生看到這篇的時候，想必ＲＯＣ已經閉幕了吧。
開玩笑的啦，耶嘿嘿。我很想這麼說一次看看……那個，如果你不小心在奇怪的時間點看到了，請你一定要悄悄地裝做沒看到喔！不然我會很難為情。
不過……
這番話的內容並不是在開玩笑。
根據雪菜小姐所說，夕凪先生似乎是個「傲嬌」，既然夕凪先生都罕見地發出開戰宣言，那就已經可以說是必勝的證明了。
啊，那個，我並不是想要給夕凪先生增加壓力。
我是希望一切都結束之後，可以留下證據，讓我能夠強調「我一直都相信著夕凪先生喔！」，這是我自己的虛榮心。
……耶嘿嘿。
就算像這樣糊弄過去，你還是看得出來吧。
是的，沒錯，我很害怕。我知道斯費爾的可怕之處，所以再怎麼相信夕凪先生，可怕的東西還是很可怕。
所以……麻煩你了。
請告訴我——已經不需要再害怕了。
請不要留下任何懷疑的餘地，完美地將所有的一切——都完結吧。

最終章　僅此唯一

CROSS CONNECT

#

徵得春風的同意後，我這次真的要登入ＲＯＣ了。

才剛交換完，立刻有一發子彈在完美的時間點朝我射過來。

「嗚噢！」

我發出呆傻的叫聲，在千鈞一髮之際躲掉了……不對，千鈞一髮是騙人的。幾縷在空中飄舞的瑩亮金絲就是證明。

我咂著嘴看向攻擊者，那傢伙長著一張我格外眼熟的臉。

「十六夜弧月……！」

「哈。唷，兩天沒見了啊，垂水夕凪。過得好嗎？那Bye Bye啦。」

十六夜露出不懷好意的笑容，匆匆打完招呼後，再次瞄準我。

連續不斷的槍擊——我扭過身體，只見鉛彈從我正旁邊穿過，將地面挖出深深的窟窿。

「呿……」

對了，切換思維吧。

或許ROC的確是為了讓春風「崩潰」而製作出來的遊戲，但敵人不是只有斯費爾而已。這是允許PVP和妨礙亂鬥等一切行為的地下遊戲。不能攻擊剛登入的玩家這種溫良有禮的規則是不存在的。

因此，「以多欺少」很卑鄙的指責當然也沒什麼好討論。

「弧、弧弧弧月！我、我該怎麼辦才好呢！」

六花在十六夜旁邊如此叫嚷著。她將一把大到跟身高不搭的劍實體化並拿在手上，看起來一副戰士的模樣。

……但是，仔細一看，便發現她的腳在微微顫抖，表情充滿驚慌，小小的手指彷彿緊攀著靠山似的，死命拉著十六夜的外套。

對照之下，十六夜則是一臉嫌麻煩地拍掉她的手。

「啥啊？搞什麼，這點小事是不會自己想喔？妳幼稚園有畢業嗎？」

「你——你這說法是怎樣呀！我是國、中、生、啦！小學當然也順利畢業了喔！笨～蛋笨～蛋弧月這個笨～蛋！最終學歷托兒所——好痛！等一下啦，很痛，很痛耶，弧月！不要用手槍鑽啦！」

「妳、吵、死、了！怎樣都好啦，打就是了。要是不懂的話，就隨便揮劍去進行自殺特攻也行，我會配合妳的攻勢掩護妳的。哈，誤射就交給我吧。」

「好、好的！……不對啦！你不是要誤射嗎！會砰的一聲打到我的腦袋不是嗎！唉，弧月你啊，看不慣所有報酬都被太過優秀的我給拿走，終於打算要下毒手了嗎？」

「六花。」

「是……啊，我、我知道這個。平常粗暴愚蠢又煩人的小混混偶爾展現出正經的一面……毫無疑問是壁咚告白的旗──」

「別說夢話了。」

「是的！」

六花被一隻大掌猛抓住頭，淚眼婆娑的她終於踏地奔了出去。但是，她和十六夜不一樣，應該不習慣戰鬥，看那搖搖晃晃的軌道，感覺要花十幾秒才會抵達我這裡。

只有現在了。

我無視迫近的六花，只將十六夜留在視野內，然後以指尖啟動終端裝置。

我瞥了一眼，便確認完卡槽的狀況。裡面有五張卡片，分別為「巨大的束縛」和細劍，然後是常見符咒「強化」、「轉移」和「停滯」。

姑且不談張數……內容實在稱不上是豐富。「停滯＋轉移」已經被對手知道了，而在最壞的情況下，感覺也有必要考慮單獨用「轉移」來隨機瞬移。

「──喝啊啊啊啊啊啊啊啊啊啊！」

「唔！」

我的思緒至此的瞬間，終於將我捕捉到攻擊範圍內的六花，用力地揮下了大劍。雖然搖搖晃晃的劍法絲毫沒有氣勢，但一想到我的HP光是擦到就會被打飛出去，便覺得這絕對不好對付。

一邊任長髮隨風飛揚，我一邊後退躲掉──六花踉蹌著倒在地上──然而，儘管只有一瞬間，但「離開地面」顯然是判斷失誤。

「還真是到處都是破綻啊。」

噠的一聲，可笑的開槍聲響起。射出來的子彈以音速劈開空氣，像是要咬破我的心臟似的疾飛而來。

身體已經浮空的我，所採取的行動是一項賭注。

「這──個混帳！」

「嗚呀啊！」

我勉強朝在附近蹲著的六花的背踢了一腳，反作用力讓我的姿勢出現些微改變。

緊接著，槍彈便從近距離通過，近到肌膚甚至能感受到其衝擊波。

「唷──很有一套嘛，夕凪，白色的喔，很懂嘛。」

「唔……不要亂看別人的內褲好嗎，小心我殺了你。」

「哈，還不是你自己露給我看的。我說你啊，連內衣都這麼講究，原來是道地Coser啊。太可笑了。」

十六夜用槍口對準我，同時再次吹出輕浮的口哨聲。

在他的臉上所浮現的，是屹立不搖的「從容」與「自信」。對自稱天才遊戲玩家的他來說，這種程度大概跟耍兒戲一樣吧。

那麼，該怎麼辦？我該怎麼做，才能擺脫這個局面——？

「唔、唔唔唔……！」

彷彿在嘲笑還沒想出解決方法的我一般，連原本倒在地上的六花都站起來了。她就這樣把大劍扔在地上，努力地開始操作終端裝置。

接著，幾秒過後，她一臉得意地挺起（單薄的）胸部。

「哼哼！我也不是笨蛋喲。符咒這東西，與其普通地發動，組合在一起的使用方法才比較賺！我看過弧月使用的模樣，所以已經掌握住使用方法了喔！」

「……啊？喂，六花，妳說我的用法？笨蛋，妳那麼做的話——」

「『強化＋加速』發動！然後撿起武器突擊——！」

六花毫不理會十六夜的制止，就這樣朝我展開突擊。「強化＋加速」是讓攻擊值與敏捷值產生大幅度修正的泛用連招。拜此所賜，她也能毫無窒礙地舉起武器，那威勢跟剛才比起來，就像變了個人一樣。

只不過——不習慣戰鬥的六花，一定還不知道。她不懂。

「能力值上升」這一類的符咒，效果愈大，「中斷時的落差」就愈嚴重！

「『強化＋停滯』發動！」

「嗚咿呀啊啊！這是怎樣！好重，武器又變重了啦！」

在我喊出發動宣言的同時，順利衝起來的六花突然趴倒在地。

可能是「強化」和「停滯」的連攜效果讓敏捷值跌落底層，或者是強化內容被拔除得一乾二淨吧。不管是哪一個，她短時間內是動不了了。

「唉～真是的，不就提醒妳了嗎，這個笨蛋六花。」

似乎是預測到我的行動了，十六夜沒有特別感到驚訝，只嘆了聲氣。他看起來不是在哀嘆戰力減少，反而還吐舌挑釁用悶哼聲抗議的六花。

…………不對。是說，奇怪？

看到這幅情景，思緒突然高速旋轉起來，我慢一步地將右手放在脖子上。

不對，不對，不是的。戰力減少？才不是這樣。因為「十六夜應該知道六花沒辦法像樣地戰鬥」。儘管如此，他卻特意把她帶來這裡。

為什麼——？就算對收集密鑰還是對垂水夕凪有執著，讓六花同行也沒有意義。如果是要避免她遇到前天那樣的災難的話，根本不需要讓她登入吧。

既然如此，事情就很簡單了。

十六夜的目的本來就是要讓我和六花碰面。

他早知道她會輸給我，或者應該說，他從「一開始就是抱著這打算」才唆使她進行PVP。

「難道說——你……」

「啊？」

因為突然想到的假設，我抬起頭後，他就秒速回了一個感覺很不爽的回應。那是類似牽制的聲調。我對他投以「幹嘛啊？」的眼神，他則像是在引導似的，眼睛看向了「某個位置」。

嗯……

我不知怎地搞懂了這一連串的行動所涵蓋的意思，便無可奈何地點點頭。

「——欸，妳叫做六花是吧？」

「咦，我嗎？是啊……呃？」

「若是下次在現實世界遇到，我再跟妳道歉。有必要的話，請妳吃燒肉也沒問題。」

「呃、呃，那個，妳如果不說清楚的話，我也聽不懂喔，不過總覺得有股討厭的預感，我現在非常想逃走，而且這個人長著一張可愛的臉蛋卻感覺超可怕的——」

「為了我去死吧。」

「果然是這樣嗎——————！」

我不理會發出尖叫聲的六花，把心一橫，貫穿了她的胸口。一瞬間受到致命傷害後，就會化為粒子消滅。應該連痛苦都感覺不到吧。

而在這之間，十六夜弧月並沒有出手妨礙。

「……唉。」

懷著某種理解與肯定，我嘆了口氣。

受不了，真的是個興趣低劣的傢伙。不僅興趣低劣，而且還一點也不坦率。

十六夜臉上依舊維持著好戰且挑釁的輕蔑微笑，而我不發一語地用細劍的劍尖指著他——只說了一句能夠解釋這個麻煩狀況的「答案」。

「其實你啊，沒有打算要殺我吧？」

#

「呵呵……咯咯，哈哈哈哈！」

十六夜不知為何捧腹笑了起來，我則放下戒備地收回視線，決定檢查卡槽裡的內容。

如我所想——透過剛才的PVP從六花身上移到我這裡的卡片是「壓迫的虛無」。不是常見的符咒、稀有符咒或武器，而是「受詛咒的密鑰」之一。

「……我從一開始就覺得很奇怪了。如果你是認真要殺我，我現在手牌完全不夠的情況下，不可能有辦法跟你一戰。你放水放得實在太明顯了。」

「哈，的確是如此，你說得沒錯。不過，我的理由是什麼呢？我想你應該也知道，我這個人最討厭輸了，就算一時興起也不可能放棄對決喔。」

「我知道啊，所以才說你興趣低劣——你從一開始就是要我殺掉六花。」

我不悅地說完後，感覺十六夜的笑意稍微變濃了。

「哦，這又是為什麼呢？」

「第一點，你們應該已經打算要退出這遊戲了吧？而第二點就更單純了，你就是想找我麻煩。」

「你這傢伙是怎樣啦，講話這麼帶刺喔。大姨媽來了嗎？」

「就是因為你老是這樣啊，變態戰鬥狂（跟蹤狂）——然後呢，你真正的理由是最後這一個。你讓六花持有『壓迫的虛無』，再『故意』讓她被我打敗，藉此卡片便會間接性地進入我的卡槽裡。也就是說，這是類似『轉讓』的行為。我有說錯嗎？」

如果轉讓這個措詞不恰當，那也可以說是「還債」。

簡單來說，這傢伙只是為了償還跟六花有關的「人情債」，才計劃了這次的襲擊。

「……沒有啊，你說的完全正確。」

十六夜這麼說著，然後感到麻煩似的抬起雙手。

「密鑰卡一張。我不知道這對你來說是具有多少價值的報酬，但如同我之前所說，這種東西就看個人的標準。所以總而言之，我是認為我這樣就還清人情了。哈，你儘管感恩戴德吧，Cosplay狂人。」

「就說我不是了啦……話說回來，既然是謝禮的話，那你就應該更坦率點送出啊。」

「你在說啥啊？那樣我會覺得很無聊啊。雖然認真的戰鬥要留待下次有機會再說，但剛才那個也是同時在舉辦看不見的對決喔，比的是『你究竟能識破多少我的作戰』這樣。不過，我倒是沒想到一切都被你看出來了。不愧是夕凪啊，到底是我唯一的勁敵。」

「哇，好噁心。你跟勁敵這種字眼真是不搭到一個極致耶。」

「少囉嗦～別人要怎麼說都是自由吧。何況我和你交情算不錯吧？」

「呀嗚！」

十六夜不知何時來到我身邊，還牢牢地摟住我的肩膀，害我脫口叫出很女孩子氣的聲音。

「……這個可愛的尖叫是怎樣？真可笑。」

「煩死了閉嘴啦變態！不要碰我肩膀也不要把臉貼過來快滾一邊去啦！」

看到我的反應，十六夜竟然大笑了起來，於是我踹了他一腳，硬是把他的身體撥開……不妙，體格差異還有各方面來說都很不妙。這種身為被捕食者的感覺真是難以言喻。

我一邊按著還在激烈狂跳的心臟，一邊瞪著十六夜，而他則一臉嫌麻煩的表情揮了揮手，然後背過身去。

「是是是，遵照公主殿下的吩咐。不過，其實不用你說我也該回去了。六花那傢伙放著不管的話，她會自己開始生悶氣的。那再見啦，之後再打一場吧，夕凪。」

「……………………啊。」

「啊？」

我發出一個細微的聲音，十六夜耳尖地聽見後，轉過頭來。我在沒有意圖的情況下不小心叫住他了……沒有意圖？不，這倒未必。我想我確實有「意圖」。

只不過，這會否定這幾年來的自己，所以在承認的時候感到猶豫罷了。

但是——現在已經不能再猶豫了，必須踏出下一步才行。如果是現在被春風那令人傻眼的純粹擊中的我，應該有辦法。所以……

「你等一下。」

我再次出聲，說出準確的話語。

「……啊？幹嘛，你還有事喔？」

「不是，與其說有事……其實，我有個請求。」

十六夜大概是察覺到我這番話有言外之意，他露骨地皺起眉，半垂著眼看著我。我對此感到有些退縮，但還是盡可能不移開眼神地繼續說道：

「幫我吧。」

「…………啊？」

十六夜的表情有如鴿子被玩具竹槍射出的豆粒打到（註：日本諺語，比喻事出突然而目瞪口呆的模樣）一般（我有生以來第一次看到），整個人僵在原地。

雖然他的反應差點讓我感到灰心，但我用意志力壓制住，握住的雙手奮力地向著下方。都這樣了，我已經自暴自棄起來了。隨便啦。

「所以說……你幫我吧！聽好了，我有一個ROC的通關策略，一個妙計。但靠我一個人實在沒辦法走到那一步！」

「哦，然後呢？」

「所以……所以雖然這非我本意，但還是向你——『向十六夜弧月提出協助的要求』。我的意思就是這樣。」

「…………」

十六夜不發一語地觀察我一陣子。

沉默，寂靜。我差不多按捺不住焦躁，正打算說出下一句話之際——耳邊突然傳來「哈！」這道熟悉的笑聲。

「你這傢伙是不是變了？眼神跟之前不一樣喔。」

「……誰知道。我還是跟往常一樣啊。」

「哈，說什麼蠢話……不過，我是不介意幫你一點忙啦，但相對的，這次換你欠我一次人情了。」

「嗯，可以啊，我絕對會還你。順便問一下，你想要什麼回報？」

「什麼都行啊。不過，既然你改變了本大爺的意志，那就要給我最有趣的東西——除了天道白夜慘敗的模樣以外，我是不會接受的。」

「這哪是什麼都行啊，你這個貪婪的傢伙。可惡，竟然要求這麼過分的等值代價。」

「哦？所以你是答應了吧……呵呵，咯哈哈哈，有意思！沒想到除了我以外，還有能夠認真說出『讓天道白夜落敗』這句話的大蠢蛋，看來這個世界也不是一無可取嘛！」

十六夜用異常高漲的情緒一邊這麼說著，一邊向我伸出了右拳。

我總覺得有點難為情，說了句「蠢蛋只有你而已」這種最低限度的反駁，伸出自己的小小拳頭去碰他的拳頭。

接著，我們兩人交換了一個「圖謀不軌的人」特有的抿嘴微笑——

「……你、你們感情好好喔，小春春和十六夜。」

第三者(姬百合)的登場讓我們突然間正色起來，揮開了彼此的手。

#

從結論來說——

從十六夜成為夥伴的那一刻起，收集各密鑰的問題就解決了。

說到底，如果密鑰「只靠搶奪」的話，就沒有多難。有十六夜這樣的遊戲技術，本來就不太可能會在個別PVP中落敗，對手的卡槽也被密鑰占掉空間。為保險起見，只要暗藏一張「撤退」卡，成功率就會變得極高。

實際上，十六夜憑著宛如鬼神般的表現，一下子就收集到剩下的密鑰了。

但是，「接下來」反而才是問題所在。

「找齊散落在城下的五把『受詛咒的密鑰』，獻給古代的祭壇」——在只能透過武器店交換卡片的ROC裡面，勝利條件的「後半部分」才是最大的難關。

「……喂，夕凪，你差不多該告訴我了吧。你打算怎麼和牌？」

在武器店外，購物中心附設的美食廣場中，十六夜把腳放在四人座餐桌上面，就這樣用傲慢到極點的姿勢開口說道。

「我想來想去，最後全都行不通。都走到這一步了，你該不會想說你沒有計畫吧？」

「就是說啊，小春春。」

在旁邊大口吃可麗餅的姬百合也趁機說道：

「現在是託武器店的福，咬咬，才能順利迴避掉『惡性的追跡』，嚼嚼。要通關的話，卡片必須全都要放在小春春身上不是嗎？咿嘻嘻，好甜。」

「妳可以吃東西和說話選一個嗎？」

實在太缺乏緊張感了，我忍不住嘆了一口氣。

不過，他們兩人的提醒，或者應該說擔憂是很合理的。對於選擇用「受詛咒的密鑰」這條路線來通關的玩家而言，「那個問題」正是在最後的最後堵住去路的高牆。

——五把密鑰現在全都在這裡。

雖說是全部，但並不是全部都在我手上。「惡性的追跡」在十六夜身上，「巨大的束縛」和「壓迫的虛無」在我身上，而「定時耗損症」和最後一張「死霧的陷阱」則在姬百合身上，是由三個人來分擔。

「為什麼不現在立刻集齊呢？」……任誰一開始都會這麼想吧。但是，只要看過各張「受詛

咒的密鑰」的效果說明，一定會跟我們一樣抱頭煩惱。

「惡性的追跡」——將你的目前所在地及卡槽公開給所有玩家。
「巨大的束縛」——你無法登出。
「壓迫的虛無」——壓迫的虛無會消耗掉三格卡槽。
「定時耗損症」——定時耗損症會每五秒對你的ＨＰ造成十點傷害。
「死霧的陷阱」——當你首次得到死霧的陷阱時，ＨＰ便會歸零。

「用一般方式進行遊戲的話，哪可能通關啊。」
隨著苦笑，我喃喃說出像是在發牢騷的話語。
不，實際上，撇開「死霧的陷阱」不看，單單一張卡片的減益效果並沒有多致命。就算是「死霧的陷阱」，憑「復活」這張稀有卡片就能應付過去，從這一點來看，事前情報會讓它成為最無害的一張卡片。
然而，問題還是在於「集齊之際」的凶惡性。
因為——收集到這些卡片的玩家，必須在卡槽完全沒有空間的情況下，趁自己還沒因為持續性傷害死亡前，閃避從整個場域蜂擁而至的敵對玩家，到達「祭壇」才行。

「哎呀呀，這根本是強人所難啊。」

十六夜雙手交握放在後腦杓，用不知是苦笑還是不耐煩的嗓音大聲說道：

「雖然姑且還有武器不用以卡片型態就能帶著，但ＰＶＰ用的符咒一張都沒有吧？那不就單純只是一個靶子嗎？這樣看來，武器店和祭壇之間隔了這麼遠的距離八成也是有意的設計吧。」

他用戴著粗糙銀戒指的手指輕輕敲了敲地圖。我的視線移到他的指尖下，看到地圖上顯示的「祭壇」位置確實離這裡絕對稱不近。必須要渡過好幾公里外的河川，再走上一段距離。

假設現在將密鑰集中在我身上，我預估連一半的路程都走不到。

真是的——十六夜又誇張地嘆了一個氣。

「說到底，都要怪你體質超虛弱吧。ＨＰ五十是怎樣啊，就算有病弱的被動能力也該適可而止吧……啊，對了，難得你敏捷值這麼高，只要你成為秒速超過兩百公尺的短跑選手不就解決了嗎？哈，我果然是天才啊。」

「怎麼可能跑那麼快啊，你是笨蛋嗎？」

「說啥？」

「怎樣？」

「嗯～唔唔唔……啊，我知道了！」

打斷我和十六夜超沒意義的互瞪的，是椅子喀噠倒下的響亮聲響。我像個美少女似的抖動一下肩膀，往那邊看過去，發現一臉得意的姬百合不知何時站了起來。她似乎是因為太過用力，才把椅子撞飛出去。

「啊，咿嘻嘻，奶油沒吃掉，啾。」

接著，她不知為何（真的無法理解）舔起了手指。伴隨著格外妖魅的咕啾咕啾水聲，她像是在舔糖果一般，將食指放進嘴唇的縫隙間來回進出。

「「…………」」

理所當然產生動搖的兩名男子皆沉默下來，彼此刻意地清了清喉嚨後，將視線移開了。

——咳咳。哎呀，今天天氣也很好呢。雖然室內看不到天空就是了。

「嗯嗯～？怎麼啦，小春春？迷上我了嗎？是不是終於迷上我啦？」

「才……才不是咧。只是覺得跟十六夜爭論很蠢而已。是說妳啊，弄髒的話拿那邊的紙巾擦一擦不就好了嗎？」

「咿嘻嘻，小春春真是不坦率，好可愛喲～真是的～」

姬百合用謎一般的理論來評價我。她就這樣帶著壞心眼的笑容坐下來，緊接著像是忽然想起了什麼似的說了聲：「啊，我跟你們說喲～」

「我稍微想了下，既然我們都有三個人了，那就分別帶著密鑰過去，到了祭壇再把卡片集合起來怎麼樣？嗳，是不是好點子呀～？」

「嗯，前提是要做得到……那要怎麼做？」

十六夜淡淡地回道。姬百合眨了眨眼睛，繼續說：

「咦？就是這樣呀，『束縛』、『虛無』和『死霧』給小春春嘛？我和十六夜帶著剩下的兩張卡片呀～？這樣就完美了。就算因為『追跡』導致手牌被看光也不會有危險，然後有『恢復』的話，『耗損』也不成問題了！」

「不是啊，所以說，妳要在祭壇移動密鑰？在沒有武器店的情況下要怎麼移動？哈，如果辦得到的話，一開始就不用這麼辛苦啦。難不成妳是稀世的魔術師嗎？」

「唔，到、到時候就用『搶奪』──啊，原來如此。」

姬百合微微垂下頭……借用某漫畫的台詞來說，她的提議除去「不可能成真」這一點的話，就是完美的作戰了。

要問為什麼的話，原因很單純，「搶奪」這張卡本來就不容易獲得。根據那個冷血圖書館員的說法，「搶奪」是稀有符咒，整個ROC只有九張。由於沒有鎖定持有者的方法，搞不好比密鑰系列還要難獲得。

彷彿是要替換陷入沉默的姬百合一般，這次是十六夜抬起了眉毛。

「我姑且問問看，如果不用『搶奪』，而是用PVP怎麼樣？在剛才的點子裡，有關『搶奪』的部分換成『夕凪殺掉我們兩人』的話，就沒有資源上的問題了。」

「啊……抱歉，這個沒辦法喔。我不是正規玩家對吧？所以就算殺了我，卡片也不會移動的樣子……？」

「哦，說起來是有這麼一回事，有夠麻煩的。唉……咦？這樣的話，夕凪拿四張，我拿一張……不對，好像不行。含『追跡』的四張密鑰放在身上完全是自殺行為，然後你又沒辦法持有『耗損』。」

十六夜大大地吐了一口氣，靜靜地閉上雙眼。看他交疊的雙腿在微微搖動，應該是現在也正在全力動腦筋思考吧。

但是，他的嘴邊沒有往常的笑容，取而代之的臉頰揚起一抹自嘲似的弧度。

「話說，雖然現在才提這個也太遲了，不過分開帶卡片實在沒什麼意義啊。我是不知道其他人怎麼想啦，但至少我的話，光是發現『「追跡」的持有者正往祭壇前進』就會開始警戒了。不管手牌內容怎樣，總之一定要去阻撓對方。畢竟是只有一名勝利者的遊戲，這點程度的謹慎很理所當然吧。」

「是啊，確實也有這個可能。要是錯放導致對方通關的話，那就太不堪了。」

而且愈棘手的玩家，行動力就愈強——雖然我是這麼想的，但還是決定別講出這句話。棘手這個形容，以這個情況而言是一種稱讚。我才不想稱讚這傢伙。

「唔～～嗚，我想不出來啦～！嗳嗳，小春春你打算怎麼辦？」

也許是差不多焦躁起來了，姬百合把雙手用力放到桌上同時放棄思考，往我這邊看了過來。她的眼眸被紅色瀏海遮住一半，此刻像是有所期待似的閃閃發亮。十六夜也一樣，大概是想投降了，他看似有點不甘心地聳了聳肩。

也就是說，把回答託付給我了——我把腦中描繪的藍圖再臨摹一次後，緩緩地開口說道：

「對，你們兩個說得沒錯，這遊戲『我絕對沒辦法通關』。無論如何都不可能正面突破……所以，『要通關的不是我』。」

接著，我握住驚愕地睜大眼睛的雙馬尾少女的手。

「姬百合，是妳。」

「——我之所以確定能夠通關，是因為我想起了姬百合的『設定』。」

我握著柔嫩小手而感到內心慌亂的同時，也打破寂靜開始進行說明。

「『死亡時不會失去卡片，並移動到公主附近』……簡單來說，這就是『能夠指定目的地的瞬移』。這樣事情就簡單多了吧？姬百合利用武器店得到『追跡』以外的密鑰，再透過ＰＶＰ打倒持有『追跡』的十六夜。然後看是要自殺，還是配合『耗損』的時間限制都可以。剩下的，只要『雲居春香（我）』事先前往祭壇，遊戲就結束了。」

立刻「喔喔」地發出讚嘆聲的只有十六夜。

對照之下，姬百合明顯地露出不安的神色，甩掉了我的手。

「小、小春春你在說什麼啦！這樣你會被處刑耶！」

「那是反叛者(玩家)達成條件的情況。公主的『協助者』掀起革命，沒道理是公主要被殺掉。那個斯費爾不可能輕視劇本吧？」

「是這樣……沒錯……可是我不是玩家喔！沒參加遊戲的情況下，不可能有辦法通關——」

「『最快達成任一條件者，即為這場內亂(遊戲)的勝者。反叛者(玩家)總計一百人——算上你正好一百人』。」

「……咦，呃……那是ＲＯＣ的序言吧？這有什麼問題嗎……？」

「最快達成任一條件者獲勝。玩家有一百人。」

「咦？嗯，是啊……咦？」

「——所以說……」

姬百合混亂至極，十六夜見狀，感到好笑似的開口說道：

「沒有人說『達成條件的玩家獲勝』，只要能完成條件的話，狗也可以獲勝。簡單來說就是這樣吧？」

「對，你說得沒錯。ＲＯＣ這遊戲，不管是玩家還是ＮＰＣ都能通關。」

「啊——……可、可是，可是！」

面對預料之外的發展，姬百合似乎腦筋跟不太上，她胡亂地上下揮舞著手，嘴巴一開一合，拚命尋找否定的依據。

「啊，對了，報酬！如果是我通關的話，小春春你就拿不到報酬——呃，呀啊！」

我打斷她後續的話語，強硬地抓住她纖弱的肩膀拉過來，旁邊則傳來煩人的口哨聲。可能是因為這樣，我臂彎中的姬百合渾身僵硬，臉頰也在同時染上淡淡紅暈。

彼此都是女孩子，所以不要緊。我一邊在腦中重複唸著，一邊盡可能真摯地說道：

「那些也全都包含在內。姬百合，我只有妳可以依靠了，幫幫我吧——應該把ROC破關的人，是妳才對。」

「————」

一陣沉默。安靜到就連細微的聲響都有可能劃破空氣。

姬百合不發一語，看起來不知所措，過了幾分鐘後，她像是終於恢復呼吸似的，口中冒出不知道是聲音還是吐氣的呻吟。

「哦、哦哦……」

「……怎麼了？」

「慢、慢著，小春春，我剛才怦然心動了，心臟跳得好快喲！我還以為你要抬起我的下巴了呢。哇，怎麼辦，後勁好強，這個後勁好強喲。好像突然小鹿亂撞起來了。噯噯，要不要確認看看?小春春也來摸吧~?」

「隨妳怎麼說啦，笨蛋。」

我原本還在擔心自己是不是太得意忘形了，結果這麼想的自己反倒才像是笨蛋。

把無言和安心隨著水一同飲盡後，我站起來吐出一口氣。接下來只要交給姬百合的話，無庸置疑就能把遊戲本身破關。

因此，至少在ROC（遊戲）的最終時刻，該交棒給真正的「公主」吧。

——反正又還不會結束。

♭

我靠在武器店的牆上，等待夕凪的指示。

雖然十六夜在旁邊看起來好像很閒的樣子，但我不打算主動搭理他。十六夜跟斯費爾（我們）的關係本來就很微妙了……不過，以「姬百合七瀨」個人來說，我雖然不討厭他，但也沒有多大的興趣，大概就是這樣的感覺吧。

我把視線從他身上收回，往正下方一看，這邊的景象倒也很有趣。

一字排開——應該說，「堆積起來」的大量武器。

這也是夕凪準備好的祕策之一。

從最一開始來看，「受詛咒的密鑰」的價格是十八，要在武器店交換的話，需要準備六張價格三（稀有符咒）的卡片。而卡槽的上限是七張。所以不管怎麼做，第三張以後的密鑰都沒辦法經由武器店來獲得。

……沒錯，一般來說只能放棄。

但是，夕凪好像立刻就發現了。在武器店交換時唯一的例外，就是武器。只要利用可以隨意卡片化、實體化的武器居間協調的話，就可以在卡槽不受到壓縮的情況，確保等值代價。

我覺得，這真的是很厲害的想法。

當然，為了量產「恢復」，還是去跳了好幾次樓，但這都是小問題而已。畢竟，老闆（大叔）本人應該也沒有想到這種密技。夕凪果然可以成為斯費爾「預期之外」的玩家。

因此——在我腦中不斷重複的，是不久前聽到的「熱情告白」，以及另一句話。

「攻略到體無完膚的地步——是這麼說的嗎？」

這是夕凪透過ＲＯＨ的ＡＲ模式，對春風（小春春）說出的宣言。

光是回想起來，心臟就撲通撲通直跳……哎呀，夕凪真的很有趣。超越斯費爾有史以來被譽為鬼才的天道白夜？真厲害，如果真是如此，我一定要見識看看。真的是無法自拔地被他吸引住了。

其實，夕凪想到的那種特技般的勝利方法，我根本想像不到。這是真的喔。仔細一想，雖然我從ROC的開發初期就參與其中了，但幾乎無法接觸到最關鍵的遊戲系統，因為我一直在照顧小春春。

沒錯，小春春——電腦神姬系列五號機（Bug Number Code Epsilon）春風。

所謂的電腦神姬，是斯費爾旗下的AI中，在較為特殊的經歷下誕生的系列。雖然我不清楚詳細情況，但聽說是被稱為斯費爾的「頭腦」的天才們發揮才能互相激盪，結果「偶然間誕生」的非常態產物。

其中一人就是小春春。

然後，醉心於那孩子的天道白夜開始預謀著「什麼」，於是就有了這次的ROC。

他好像說要使用小春春的特殊「能力」做這個做那個的。我姑且聽過概要，但那個人的腦子有點太過異次元了，我實在聽不懂。或者應該說，我也沒什麼興趣。

畢竟，我從一開始一直懷抱期待的就不是ROC的內容，而是「垂水夕凪」會怎麼攻略這個難易度必定會設定得非常惡毒的遊戲。

再來就是——啊，打來了。

「嗯，好像是時候了呢～」

我暫時停止不斷打轉的思緒，撿起腳邊的一把劍。接著，我將剩餘的武器全部拿來當交易素材，交換夕凪留下的兩張「受詛咒的密鑰」。

然後——我擺出有點裝模作樣地架勢，對準十六夜的胸口。

「咿嘻嘻，要是不小心弄痛你就抱歉嘍。」

「啊？」

我開個玩笑想緩和現場氣氛，但十六夜卻皺起眉頭。接著，他用不可一世的模樣低頭看我，諷刺地勾起嘴角——說道：

「妳是笨蛋嗎？我從好幾年前跟地下遊戲扯上關係的時候開始，就已經做過那種覺悟了好嗎？不要囉囉嗦嗦，速戰速決啦，臭婆娘。」

…………

我可能還是滿討厭這個人的。

「呀啊——」「哇！」

「死亡的情況下，會在公主的附近復活(Respawn)」。依照這種設定轉移的瞬間，一股微微的甜香輕柔地包覆住我的身體。

慢了幾拍後，我明白狀況了……我正抱著她。緊緊地抱著。我用力地埋在小春春那估算是C罩杯的胸部裡。

「磨蹭磨蹭。咿嘻，哎呀，這是不可抗力嘛，也是沒辦法的事情對吧～？軟軟的呢～」

「啊，唔，請不要這樣——呀啊！」

小春春一瞬間變得面紅耳赤。她拚命地拉我的手臂的動作很可愛，感覺自己一個不留神就會失去自制力。

在享受了一下觸感後，我放開了她的身體。

小春春用介於淚眼和鄙視眼的眼神看著我，我則把視線移開，環視周遭想敷衍過去……這裡好像是在小山丘上，有舒服的風吹拂過來，是很清爽的地方。除了我和小春春以外，沒有其他人在。

在這個散發著某種神聖氛圍的空間的正中央，擺著類似台座的東西。

……不對，與其說類似，應該說就是台座。設計造形的是我。感覺會在中世紀歐洲風ＲＰＧ裡出現，可能還會插著傳說之劍的立體造形物。

想得沒錯，那就是「祭壇」。

我看到出色的成果而滿意地點了點頭，然後轉過頭去，望進小春春的眼眸裡。

「咿嘻嘻，我們好久沒有好好說話了呢。」

「姬百合小姐……是的。不過，這也是沒辦法的事情，畢竟姬百合小姐是斯費爾的人。」

小春春那頭美麗的淡金色長髮隨風飄揚，她用櫻色的唇瓣說出我的名字，然後就靦腆似的微微一笑……好、好可愛。這孩子果然是犯罪級的可愛啊。讓人有點想蹂躪她一番。

然而，遺憾的是，現在時間緊迫，沒有親熱的閒情逸致。

因此，我就只問這個問題吧。

「……覺得怎麼樣呢？」

與夕凪交換身體，來到現實世界，嘗試反抗ROC（斯費爾）——覺得怎麼樣呢？

這個問題塞滿了許多心意。畢竟，我好歹也隸屬於斯費爾先進技術開發部門第三課，是天道白夜的部下。如果說我是讓小春春落到這種處境的罪魁禍首，那麼，正是如此。我無法做出任何反駁。

但是，儘管如此……

看到小春春一臉開心地笑著，我的表情也放鬆下來。這是真的。

被小春春動搖心靈，無可自拔地對她產生興趣。這也是真的。

——因此——

「…………是的。我那時很開心。不對，呃，我說錯了，是現在很開心！不管是現在，還是今後都永永遠遠不會改變——我真的很幸福。」

「……咿嘻嘻，這樣呀。那真是太好了。」

聽到她的回答，我差點哭出來的同時，也拉起小春春的手，重新面向台座。接著，我舉起了終端裝置。

啟動條件完成——由於將集齊「受詛咒的密鑰」的終端裝置獻給祭壇，開國君王還什麼的所遺留下來的「緋劍」覺醒了。

嗯，簡單來說，就是上面刻著火焰紋章的大劍突然現身的意思。

「哇……」

可能是沒有從夕凪那邊聽到詳細情況吧，小春春睜大眼睛看著劍。

那激起人保護欲的表情……我突然興起了惡作劇的想法。

「小春春小春春，機會難得，和我一起拔出來吧～？」

「咦？可、可是，沒關係嗎？這種事情不是通關的人才能做嘛……」

「唔。妳怎麼這樣啦～小春春。難道妳想看到手無縛雞之力的我因為支撐不住劍而被壓扁嗎？」

「哇，那可不行！我會努力幫助妳的！」

我和驚慌失措的小春春一起，用四隻手掌握緊大劍的劍柄。

嗯，感覺真的很重。早知道是自己要用的話，重量設定應該要再少一點才對……就這樣，我腦海裡浮現出這種無關緊要的後悔。

我，我們——使勁拔出終結這個世界的緋劍——

「非玩家　擬態名：姬百合七瀨。
『受詛咒的密鑰』收集狀況５。『叛軍』集結狀況３。
狀況：『緋劍』獲取確認，勝利條件１正式達成(Complete)。
——ＲＯＣ閉幕(遊戲通關)。」

#

登出ＲＯＣ後，我回到家裡，靜靜地待了一陣子後，口袋裡的手機突然震動了起來。
傳來的是一封簡單的通知。上面寫著ＲＯＣ服務終止的公告說明。
即使我嘗試登入，也沒辦法再連接到遊戲場域。ＲＯＨ的ＡＲ模式也一樣，不管怎麼探究畫面，也找不到任何戰鬥痕跡。映照在上面的只有親愛的現實而已。
沒錯，ＲＯＣ閉幕了。
內戰在侍從隊(姬百合)隊長發起的革命之下終結，公主因身為她的協助者而得以免刑。
無庸置疑的幸福結局。沒得挑毛病的大團圓。
是大團圓——那又如何？

春風確實不用再被盯上性命了。但理所當然的，只存在遊戲中的她，也被留在那裡了。只要ROC消失的話，我與春風之間本來就相當薄弱的連結也會徹底斷絕。

這樣一來，無論有沒有把遊戲通關，結果都差不多。

「辛苦您一路以來徒勞的奮鬥努力。」我感覺自己可以聽到壞心眼的GM的嘲笑聲。

「……至少也該說『公主永遠過著幸福快樂的日子，可喜可賀』之類的吧。」

我一邊發著牢騷，一邊打開交換日記。不知從何時起，春風的現實世界奮鬥記已經連載了好幾頁，那幾近眩目程度的彩度讓我忍不住發出了苦笑——然後，我的視線偶然落在最後一頁。跟其他頁比起來，這一頁寫的文章並不長。都、區、町、番地連著寫下來的一行文字，還細心地附上郵遞區號，是某個地方的住址。正下方還有一行用稍重的力道寫的文字，那筆致漂亮到很難相信是出自我的手，而內容如下：

『請你一定要來救我。』

「哈哈。」

是受到雪菜的影響嗎？春風也變得相當厚臉皮了嘛，而且還很了解我的性格。雖然我從一開始就絲毫沒退出的打算，但被這樣拜託之後，整個人突然間充滿了幹勁。

我用力闔上筆記本，深深吸進一口氣，盡力露出了無所畏懼的笑容。

「等著吧，天道白夜，我現在就過去你那裡——為了接走春風。」

我握著從筆記本剪下來的碎片，走在公園旁邊時，頭上傳來了搭話聲。

「你給我站住。」

「啪沙」的輕盈落地聲。早就習慣成自然的登場場景以跑步來收場，瑠璃學姊看似不高興地撇著嘴，一口氣把臉湊了過來。

面對她的氣勢，我一邊微微後退，一邊抬起一隻手回應她。

「妳來得好慢啊，學姊。我等妳很久了。」

「……咦？你看起來不是很驚訝嘛。」

學姊像是感到掃興似的歪著頭，嘴裡的棒棒糖略為改變位置。

「而且，你在等我？你已經預測到我會出現了嗎？還是在期待我出現呢？如果是後者的話，我會很高興喔。」

「嗯……兩者都是吧，真要說的話是前者。畢竟，本來受到邀請的就是學姊妳啊。我只是為了從旁插手才去的。」

「邀請？你到底在說什麼——」

「別再裝了，『姬百合』。」

我在學姊說到一半的時候插進這句話，而她的動作完全僵住了。櫻色的嘴唇維持在半啟的狀態。我慢慢朝文風不動的她頭上伸出手。

「事到如今還要掩飾啥？……不過，用平輩的語氣跟學姊說話很奇怪就是了。」

「呀啊！」

接著，我一口氣掀起蓋到眼部的帽兜。儘管瑠璃學姊反射性地舉起兩隻手，但已經來不及了，那張令人驚豔的精緻容貌暴露在外面的空氣中。

如我所料——除了髮色以外，她的容貌和姬百合七瀨如出一轍。

學姊用慌張的手勢將帽兜拉回原位，然後用雙手緊緊壓住，一邊防衛著，一邊開口說道：

「你、你太過分了……竟然在大庭廣眾之下突然脫人家的衣服。你該不會是喜歡那種玩法吧？哎呀哎呀，真是個大變態啊。」

「才、才不是咧，學姊。我只是確認一下而已啦。」

「這足夠當作脫女孩子衣服的理由嗎？既然如此，你會一邊說『我只是想確認你是男的還是女的』一邊拉下偽娘的裙子嗎？順便說一下，我從懂事以來，就幾乎沒有在外面脫掉帽兜過喔。這大致上算是第一次喔。是我的初體驗。」

「我很抱歉。」

學姊落落大方地點點頭，說「很好」。不過，她的嘴邊看起來有一抹笑意。也許是欺負我讓她的心情暢快了些。她轉著棒棒糖，嘴巴不停動來動去，還微微嘆了一口氣。

然後，她無力地垂下頭。

「嗯，沒錯喔，你真是觀察入微。我就是姬百合七瀨『背後的人』……不過，你是什麼時候注意到的？我姑且算是有在小心避免穿幫耶。」

「與其說注意到……我一開始會感到在意，是因為學姊和姬百合的價值觀太過相像了。只憑『有無興趣』來判斷一切，這種風格可完全不多見喔。」

「真不可思議啊。」

「是很不可思議……啊，這麼說來，仔細一想，學姊妳不也是一副認識春風的模樣嗎？而且在現實世界會關心我的人，除了家人之外，就只有雪菜和學姊妳而已了。也就是所謂的刪去法啦。」

「原來如此。你那太狹窄的人際關係反而幫助你將我鎖定為犯人。」

要妳管啊。雖然我這麼想著，但她說的確實沒錯，所以我只能保持沉默。

瑠璃學姊看著我，然後喜笑顏開。這跟以往的學姊不太一樣，卻是我格外熟悉的那種「咿嘻嘻」的笑容。感覺像是在使壞，最適合用來挑釁，但也許是一直待在一起的緣故，不知不覺間已經變成了令人安心的表情。

接著，學姊……不對，是姬百合這次自己把帽兜往上拉了。

一頭亮麗的黑髮滑順地傾瀉而下，那樣的莊嚴感讓我不禁屏住氣息——然而……

「真虧你能識破！大概是這樣的感覺吧～嗯，再讓我重演一次身分曝光的場景吧？被你發現就沒辦法了。我正是擬態玩家兼飾演女僕長姬百合七瀨的瑠璃是也☆」

「…………」

「是、是也☆」

「好了，我並不是沒聽到。」

或許我的回答聽起來很冷淡。

但這不能怪我。一個範本般的黑長髮美少女突然用莫名亢奮的情緒比出橫向V字手勢，甚至還吐出了舌頭，開始在語尾加上「☆」符號。完全糟蹋掉了。把我一瞬間的怦然心動還來啊。

…………不過，很可愛就是了。

「所以說，妳為什麼要特地演那種角色啊？既然是為了避免被識破真實身分的話，光是拿掉帽兜不就可以了嗎？」

「唔～是啊，雖然是這樣，但我沒有帽兜的話，沒辦法出現在人前喔。」

「……什麼？」

「就是說，如果不把臉遮住一半的話，我會覺得很難為情，不敢去外面，也不敢跟別人說話。可是，如果在遊戲裡也一直戴著帽兜，不是很奇怪嗎？會引起懷疑吧～？所以我決定整個人格都換掉，變成完全不會感到難為情的活潑開朗女孩子！」

學姊開心地笑著補充一句：「素材出處是以前的動畫～」雖然她講出來的話都相當胡鬧，但一想到是瑠璃學姊，只會覺得「原來是這麼一回事啊」，真是不可思議。

「然後——噯，小春春。」

突然之間，心急般的嗓音伴隨著輕微氣息從口中擠出，敲打著我的耳膜。

絕妙的距離感，令人忍不住就要發燙的「熱」，一瞬間就籠罩住現場。

「你應該有吧？能夠讓我好好享受的策略。」

她的眼眸充滿期待，像是在高喊等不及似的閃閃發亮。

「……這個嘛，妳就仔細看著吧。」

我悄悄地重新繃緊了神經。

#

在春風的地圖及學姊的帶路下，我抵達了建立在東京一角的大廈。

我們穿過入口的門，到櫃檯表明來意。櫃檯小姐雖然有一瞬間露出驚訝的表情，但還是很快就拿起內線話筒。電梯沒多久便降落下來，裡面出現了一名看起來非常像祕書的女性。她伶俐地說了一句：「請跟我來。」

於是，我和學姊就跟著她一路來到最高樓層的辦公室。

裡面空間很寬敞，相連的桌子上成排擺著電腦，所有畫面都開著在演算某種公式。有的是立體模型正靈活地做著動作，有的正在塑造廣大世界地圖，非常忙碌。

這幅情景，應該可以用「壯觀」來評論吧。

然而，與這種寬廣與威懾感相反，斯費爾內就「人數方面」來看，顯得很冷清。

或許平常擠滿了研究者也說不定——但至少現在辦公室裡只有一名站在正中間的男子。

他穿著毫無一絲髒汙的白色西裝，身形頎長，端正的五官上戴著一副眼鏡，整理得沒有一絲偏移的金髮輕柔地蓋在眉毛上。

嘴角浮現一抹似是柔和又似凌厲的笑意，他就是那名稀世天才。

「天道……白夜……」

「是的，沒錯。你是垂水夕凪吧，歡迎來到斯費爾先進技術開發部門第三課。我叫做天道，有勞你遠道而來。」

聽到我用顫抖的聲音吐出的話語，天道用一派輕鬆的語氣這麼答道。他的態度跟泰然、超然這一類字眼很匹配。他大張雙手，彷彿要歡迎我們似的。

而天道的旁邊擺著一台桌上型電腦。

不，這件事本身沒什麼好特別拿出來講的。電腦這種東西，光是在這間辦公室裡就有幾十台。因此，問題不在於外殼，而是內在——那上面映出了我已經相當熟悉的某個少女。

『夕凪先生，你真的來了呢。』

「……春風。」

我喊著她的名字，同時在內心鬆了口氣。

這是很不可思議的感覺。ＲＯＣ閉幕，我與春風之間的同步（連結）被切斷都是剛剛才發生的事情，再說我跟春風本來就只見過一次面。而且，那次也沒有正式地面對面。

儘管如此，看到春風隔著畫面伸出了手，我便知道自己自然而然地露出了笑容。

我也感覺到束縛住全身般的緊張感解除，一股來歷不明的「力量」源源不絕地湧出。

「——那麼，就先恭喜你遊戲通關吧。」

聽到天道朗朗的說話聲，我便從春風身上收回視線。

我跟他隔著幾步的距離，他用戲劇化的語調這麼說著，然後很自然地用中指調整眼鏡的位置。

「老實說，你遠超乎我的預料。『公主』在ＲＯＣ的立場是特意設計成壓倒性的不利。雖然確實有留下能夠通關的路徑，但也只有小縫隙的程度罷了。沒想到你能如此完美地攻略成功呢。哎呀，我實在非常佩服。」

「謝謝誇獎。」

我微微聳了聳肩，這麼答道。

「不過，通關的不是我，而是姬百合。」

「這一點我當然明白。倒不如說，就是我設計只留下這個方法的。因此，你選擇的手段毫無疑問是最佳解答。非常出色……咦，你看起來好像不怎麼開心呢。」

「這個嘛……您看起來又不像是希望我高興的樣子。」

「哦？」

看到天道裝糊塗似的動著眉毛的模樣，我一邊感到些許不耐，一邊用食指指著他的正旁邊。在那裡的，是宛如被囚禁的公主般展示於人前的春風。

「哦，什麼嘛，原來是『這東西』啊。」

對於我的回答，天道似乎感到很無趣似的嘀咕道。

「唔……也好。我可以說明給你聽，怎麼樣？你對這個狀況能了解到什麼程度？……呵呵，怎麼了？不要用那種眼神瞪我嘛。」

「你都這麼直接地『挑釁』了，我的沸點可沒有高到這樣還不瞪你的地步啊。」

我一邊用比平常低沉許多的嗓音說著，一邊勉勉強強讓心跳平復下來。

天道的問題、挑釁，換成其他說法的話，就是：「你覺得為什麼會變成這樣？為什麼春風會被囚禁起來？你該不會連一點頭緒都沒有吧？」

——我決定不用敬語了。

「不用談什麼程度。『雲居春香』能否將ROC通關這件事，你本來就覺得無所謂吧？」

「哦？理由呢？」

「這次的地下遊戲，是為了給春風灌輸『負面情感』而舉辦的。起初是孤獨，然後是恐懼。但是，只有這些還不夠。這是為什麼？因為一開始就沒有希望的話，根本無從得知什麼叫做絕望。所以，作為『絕望』的前置階段，為了讓春風看到通關的可能性，你便選擇了我。」

八成是在上次的遊戲中結下了麻煩的梁子吧。我諷刺地低聲說道。

「不過，結果那都是『表面上的說法』。畢竟，要是我沒能攻略ROC的話，春風就會如同劇本墮落沉淪，假設真的一路通關了，春風是AI，她會在關閉的ROC中獨自一人陷入絕望……哈哈，真是了不起的天才啊。」

沒錯——打從一開始，斯費爾就預先準備了兩種計畫。

擔任公主的騎士的「垂水夕凪」「失敗」的A計畫，以及順利地「一路通關」的B計畫。不管會用到哪一個，最後春風都會遭到擊潰。

因此，在ROC關閉的當下已經太晚了。

我是在天道的手掌中，表現得最活躍的一枚棋子。

「…………非常出色。」

天道一如既往地用誇張的動作拍了幾次手，神色愉悅，扭曲的嘴角透出一絲殘暴，他就這樣說道：

「真不愧是你啊，垂水夕凪。這是接近完美的解答——沒錯，ROC的目的是『代號春風的善性反轉』。讓極端偏向『正面』的『這東西』的情感染上絕望，使其成為徹底無慈悲且殘酷的GM。」

「……既然如此，如果要這樣的話，一開始直接把AI的情感設定成你要的，再製作出來不就好了嗎！這麼做的話，春風就不需要遭遇到這麼慘的——」

「嗯？哦，原來如此，還沒說明到這部分啊。」

天道用漫不經心的語氣打斷我的話語，然後用戲劇化的動作調整眼鏡的位置。接著，他說出令人一時難以置信的「內情」。

——據他所說。

春風也是其中一員的AI系列——電腦神姬，她們是非常態產物。身為斯費爾心臟的天才們所集結的實驗場發生了「系統失控事故」——把留給該機體的幾片「無法解讀的代碼(Enigma)」嵌入後所製作出來的人工智慧，便是取了這樣的名字。

她們跟尋常AI的不同之處，主要在於以下兩點。

在進行某些設定之前就已經擁有類似情感的東西。

並且，擁有背離常識的、對電子世界的干涉能力。

天道白夜參與製作的電腦神姬五號機「春風」，當然也具備一部分那樣的能力。雖然目前還很微弱，但只要持續調整的話，不久後便能掌握住連線遊戲的一切……就是這樣的能力。

只不過，她原本具備的「善性」是這個能力的絆腳石。因此，天道便打算透過ROC擊潰春風，創造出理想的GM——

「…………」

我在腦中咀嚼長長的獨白，靜靜地不發一語。

從天道的語氣中找不到說謊或演技的色彩。旁邊的瑠璃學姊也沒有否定，這樣看來，應該全都是真的吧……不可思議的是，我並沒有多驚訝。雖然我不知道原因，不過到頭來應該都會集中在「因為斯費爾就是有可能這樣」這一點上。

ROC和其他地下遊戲在我這種外行人的眼中看來，本來就跟魔法差不多。

「——對了，垂水夕凪。」

天道的聲音打斷了我奇幻式的思考。

「你的解答確實非常出色。但遺憾的是，你犯了一個很大的謬誤。」

「謬誤？」

「是的，沒錯……如果是我聽錯的話，我向你道歉，你剛才說了『無所謂』這三個字對吧？

你認為你本身的參戰對我們而言，是無所謂的事情。」

「我是有這麼說，怎麼了嗎？」

「——無所謂？你嗎？怎麼會，不可能！」

天道語塞了一會兒後，突然握緊拳頭，如此大聲說道。眼鏡下的那雙眼眸炯炯發光，瞬間打破了他原本冷靜的形象。

「錯了，並不是。要賦予代號春風絕望的這件事，確實與你無關，但是你——你知道對於我這樣的遊戲管理員而言，最得之不易的東西是什麼嗎？嶄新的點子？舒適的系統？高性能機器？不，都不是。我告訴你，即使嘔心瀝血地製作出一款遊戲，只要沒有能夠將其魅力充分發揮出來的玩家，就不能稱之為完成品！」

天道一邊拍了拍白色西裝的下襬，一邊極力主張著。

也許是因為激動的緣故，他的臉頰微微染紅，語調也逐漸加快，變得粗暴。

「垂水夕凪，你是非常棒的玩家，正是符合我需求的人才。在四年前的遊戲中，我見識到你一小部分的能力，一直還想再『試驗』一次看看……但遲遲沒什麼機會。我實在等了相當久。」

「機會？只要用強迫的方式讓人登入地下遊戲，要多少機會就有多少吧。」

「不，這就有違我的美學(Policy)了。逃不出去的死亡遊戲之類的，並不是我的興趣。不強制任何人參加，且勝者不管發生什麼事，報酬都一定會支付。這是不能退讓的底線。」

要是我（GM）捨棄信義的話，這種非法遊戲就不會成立了——天道用這句話總結了自己的想法。的確，這句話應該是事實吧。根據十六夜所說，在過去的地下遊戲中，從來不曾出現不允許「放棄參加權利」這種事情。這次也一樣，利用「撤退」離開後，只要不再登入就到此為止，說起來，根本也沒有敗北的罰則。

當然除了公主以外——我要加上這條註解。

「……你在生氣吧？就這麼不願意被捲入嗎？」

不知道天道是怎麼解讀我的表情的，他這麼說著，並笑了笑。接著，他像是投降似的舉起雙手，用比剛才沉穩幾分的語調繼續說道：

「關於這部分，我向你道歉。雖然我認為做到最低限度的公平了，但我不否認這個手段多少有點強硬。我答應你以後不會再這麼做了。有需要的話，我也可以寫誓約書喔。」

「不用了，很麻煩。」

「那就當作我個人的警惕吧……不過，你覺得怎麼樣呢？如同我所期待的，託你的福，ROC得到了刺激（thrilling）的趣味性。所以——當然這並非強制，單純是個提議——只要你願意的話，要不要也參加下次的地下遊戲呢？放心，這不是壞事。不瞞你說，目前規劃中的下一款遊戲，將由『這東西』來擔任GM——」

「——夠了，閉嘴！」

在眼前這個討人厭的男子用下巴指向春風的時候，我就差不多爆發了，短短罵了一句打斷那傢伙的話語。

但是，天道只是不解地偏過頭。

「閉嘴？究竟是為什麼呢？我要是閉嘴的話，就會死掉。」

「誰管你那極端的體質啊……有趣？有趣嗎？哈哈，不巧的是，會說ROC有趣的瘋癲傢伙我只知道你和十六夜而已，不過幸好你們都是笨蛋。而且還是超級大笨蛋。我才不要跟你們為伍咧。」

「嗯，所以你沒有參加的打算嗎？」

「是啊，沒有。不只如此，我還要盡全力阻撓你們。雖然我覺得沒用，但還是說一下好了。住手吧，別把春風牽扯進你們的遊戲裡面。」

「…………」

天道對我投來彷彿是在看珍禽異獸的奇異眼神，就這樣看了一陣子。

然後他喃喃說了一句「我不懂」。

「我不懂，我不懂啊。你討厭我的遊戲雖然是件憾事，不過也沒有辦法。儘管我認為任何人都能享受的遊戲才是最棒的，而且也以此為目標，但要是問我究竟有沒有實現，我只能回答沒有。而這是因為，有趣與否到頭來還是個人主觀的問題，不可能統一。」

他的嗓音壓抑，卻還是傳遍了辦公室的每個角落。我想，這是很適合領導人的說話方式。可以窺見那種不由分說地吸引所有人的強大之處。

「與此同時，我也不管別人怎麼想我的遊戲。只會當作寶貴的意見收下，僅此而已。但是，如果要強行把那個『意見』施加在別人身上的話，我當然要管。這很正常吧？我非常認同思想的自由，但若要影響別人就另當別論了。因此，我不能答應你的要求。」

「……………」

「就算你再怎麼討厭，我還是喜歡地下遊戲，其他還有許多樂在其中的人。正因如此，如果你想要『破壞』的話，這就是價值觀的衝突了……啊，別誤會，衝突本身並不是壞事，只是碰撞需要對象。這次的對象就是我。」

為長長的一番話做下總結後，天道再次推了推眼鏡，然後靜靜地注視著我的雙眼。

我聽到了吞口水的聲音，但我不知道是春風、學姊，還是我自己發出來的。

——價值觀的衝突。原來如此，這話說得沒錯。天道認為有趣的遊戲才是最棒的，擁有為此不惜捨棄其他一切的意志。而我無法認同「那個」，打從心底感到厭惡。

但是，我突然感覺到一股不對勁。

我提出拒絕的「那個」，也就是「春風被捲進地下遊戲這件事」。只要能在離我和春風很遠的地方舉辦，我就覺得無所謂。

然而，若是如此，天道的回應就沒有回答到我的斥責。他是有意地錯開論點嗎？不，不對。這份「介懷」應該不是源自於這件事。

我用唾液潤濕有點乾的口腔後，緩緩開口道：

「天道，你討厭把價值觀強押在別人身上，不會強制別人表達意見。你是這麼說的吧？」

「是啊，這是當然的。這世上沒有比『強制』與『毀約』更醜惡的字眼了。」

「那我想問你一件事──你是怎麼看春風的？」

天道那張端正的臉龐忽然出現疑惑之色。

我不等他回答，接著說道：

「這很奇怪吧？既然你擁有那麼強烈的信念，為什麼卻能完全無視、踐踏春風的人格呢？你不聽那傢伙的聲音嗎？那傢伙正在發出悲鳴啊。她被你欺負得遍體鱗傷，一直在哭。你這樣不是很矛盾嗎？」

「矛盾。矛盾嗎？……哪裡有那種東西呢？你說的話真難理解。」

「……啊？」

「嗯，看來是哪裡有誤會──我先把話說在前頭，我非常重視代號春風。這是稀有且充滿謎團的電腦神姬，直到現在都尚未完全弄明白。培育這個所需要的愛、時間、工夫以及其他諸多的一切，我都不會吝惜給予。」

天道說了聲「只不過」，沒有一絲造作地淡淡說道：

「這不是人類。」

「……唔！」

「沒錯，我覺得這東西很重要的心情，或許跟小孩子抱著珍藏玩具的情感差不多。覺得憐愛，不想失去。但到頭來還是棋子。就算擁有某種近似於心的東西，終究不是真正的人類，而是仿造品。所以，比起這種東西，你不覺得讓遊戲氣氛熱烈是更加重要的事情嗎？」

他趁我沉默之際，不斷講出令人倒胃口的話。

原來如此……原來是這樣啊，混帳東西。難怪只有春風的境遇明顯不平等。難怪會誤解我的斥責。

這傢伙打從一開始，就沒有把她當作一個人來看待。

沒有將她視為具有那樣的意義的存在。

相對於垂著頭的我，天道依然一副從容不迫的模樣，他這時候才第一次看向春風。那確實是看著道具般的冰冷眼神。纖細的手指敲了幾個鍵，輸入縮在畫面內側的少女必須遵從的「接近」指令。

——然而——

「……奇怪。」

天道發出感到異樣的聲音，我不禁抬起頭。

畫面中的春風不知為何，明明接收到製作者(Master)的命令，卻一動也不動的。她就這樣雙手抱著頭，反抗似的準備坐下。

不僅如此，她還對終於困惑地皺起眉頭的天道吐出紅色的舌頭。

「高階指令的拒絕……？怎麼可能，代號春風沒有那種功能——」

天道的聲音透著焦躁，他以驚人的氣勢把附近的電腦拉過來，開始進行一些操作。那充滿威懾力的背影確實很有研究者本色，看來我當然是被排除在意識之外了。連綿的敲鍵聲持續了一陣子。

突然空閒下來的我，不知怎地便決定探頭看看春風在的那台電腦。

「啊。」

我們四目相交了。春風從手臂縫隙間窺看著外面，一發現我，她的表情登時綻放出光采。我嘗試用食指描摹螢幕，春風像是受到吸引似的舉起雙手，展露笑靨跟了過來。

……是啊，沒錯。就是這樣。到頭來，我是被這傢伙拯救了。

「喂，天道。」

「可惡……太奇怪了。究竟發生了什麼事？無法解讀的代碼失控？無法控制？但是為什麼到了現在——幹嘛，垂水夕凪！」

我在享受完春風的笑容後，再一次站到了天道白夜的面前。

這樣的位置關係很適合稱為對峙。我挑戰似的瞪著那對碧色的眼眸。

「你的『敗因』在於你無法放下認為這傢伙只是道具的想法啊。」

「唔……」

那雙伶俐的眼睛微微瞇起，為了穿透我的本意而開始分析。不過，用不著等待結果，天道便露出嘲弄般的笑容，開口說道：

「我搞不懂啊。在ROC獲勝靠的是你的實力吧？『這東西』完全沒有派上任何用場。倒不如說，對你而言只是枷鎖罷了。」

「不，我說的不是遊戲。而是你的計畫——要給予春風絕望的這種企圖。」

「……？那我就更不懂了。使用到敗因這個字眼的話，就表示你想說我的計畫失敗了吧？愚蠢至極。是因為你發揮出超乎預期的英雄表現，現在開始要再次品嚐孤獨滋味的『這東西』，才會受困在慘痛的絕望之中。」

「這個嘛，如果事情按照你的預定發展下去的話，確實是會這樣吧。」

「……怎麼，你的論述方式還真是冗長啊。」

天道不耐煩地扭曲著嘴角。將一切都掌控在手中的他，像是要展現自己的絕對性優勢似的大展雙臂。接下是GM的管轄範圍——他重複著不悅的動作強調著。

「聽好了，遊戲已經關閉了。在這種情況下，不過是一介玩家的你要怎麼捲土重來？你確實表現得很好，但這種快速進攻也只到這裡為止了。你要一心嚮往『這東西』是你的自由——」

「我就說了——」

然而——我也差不多瀕臨「忍耐的極限」了。

「滿嘴『這東西、這東西』的煩死了，聒噪鬼！你的事情和野心之類的怎樣都無所謂啦。想製作全新的有趣遊戲？喔，是喔，隨你做吧。這與我無關，我也不感興趣。但是，唯有對待春風的方式我是絕對管定了。」

「……還以為你要說什麼……」

天道一臉無奈地搖了搖頭，無動於衷的眼神射向我。

「我說過了吧？遊戲結束了，已經沒有你能夠插手的餘地了。」

「『還以為你要說什麼』？哈哈，你在說什麼啊，這可是我的台詞耶。你竟然還沒明白啊？我早在很久之前就打出最後一張手牌了。」

「…………什麼？」

天道皺眉，像是要窺測我的本意似的潛入思緒之中。畢竟他被譽為稀世天才，我在遊戲中，或者是今天在這裡的發言與行動，他一定全都記得吧。然後他在腦中一一對照著。

但是，就算做這種事情也得不出解答。

「室長（Leader）——呃，現在的我這麼叫你好像有點奇怪。噯，天道白夜先生。」

在我、天道以及畫面中的春風這三方互相瞪視之中，突然有一道輕浮到像是跑錯地方的嗓音插了進來。

那是ＲＯＣ的「勝者」。瑠璃學姊，又稱姬百合七瀨。

「不好意思在這種時候打擾，不過可以先給我勝利報酬嗎？話說回來，真的可以算我贏嗎？咿嘻嘻，小春春別恨人家喲～？」

「喔，沒關係啦。」

姬百合轉過頭來，我便冷淡地回應她。就跟之前說過的一樣，我沒有想要的東西。相反的，我知道姬百合想要的東西。

「……嗯，當然可以。」

突如其來的干涉似乎多少打壞了天道的心情，但他立刻重振精神這麼答道。

「妳想要的東西是什麼？最新的機材？下次擔任ＧＭ的權利？不管是什麼，約定就是約定。我以我的自尊與信念起誓，立刻就會為妳——」

「抱歉，室長，都不是耶。」

姬百合毫不留情地斬斷天道的推測。她用毫無一絲惡意的表情「咿嘻嘻」地笑著，然後惡作劇似的眨了眨眼，豎起食指。

「是說，我滿久之前就說過想要什麼東西了喲。不是機材或權利這種『微不足道的小東西』啦。」

「……妳在說什麼？」

天道沉下臉來。

「就是勝利報酬嘛。咦，你明明是室長卻不記得喔～真是拿你沒辦法耶～我已經發過宣言嘍，斷定地說過嘍。」

「……………………………該……不會是……」

頃刻後，我發現天道的臉色正漸漸發青……他該不會是想起來了吧？如果是的話，那他的記憶力真的很驚人。就算是我，如果不是當事人的話，我絕對想不起來。

那種愚蠢的願望。

「——我要的是身體。」

姬百合一臉開心地轉著手指，這麼說道。

「咿嘻嘻，你記得吧？我說過了吧？第一次跟小春春說話的時候，我的確說了這句話。這可不是開玩笑喲……沒錯，我要的就是春風的身體。當然，要可以在現實世界到處走動的那種。」

「唔！妳這傢伙說什麼！」

「你可不能抱怨喔。」

我打斷天道驚慌的話語，盡可能地展現出充滿嘲諷的笑容。

「地下遊戲的報酬是任選一樣想要的東西吧？既然如此，肉體也是可以的。所以這就是請主辦人（你）盡全力——賭上一切精力、智慧、財產和執念，把這傢伙變成人類的意思啦！」

「啊——」

聽到我連珠炮般的斥喝，天道眼鏡下的雙眸睜得老大，春風也愣愣地半張著嘴。在開始濕潤起來的視線的注視下，讓我覺得有點難為情，因此把視線從春風身上移開。畫面中，她正搖搖晃晃地朝我這邊走過來。

我不理會地繼續下文。這絕對不是在掩飾害羞。

「我沒有干涉的權利？說什麼蠢話，既然都拿餌引人上鉤了，該付的就要確實付出來啊。你不是有自己的一套美學嗎？不是有不能退讓的信念嗎？你事前已經發誓絕對不毀約，而且明確說過『任何』報酬都可以。可別說你做不到啊。」

「你這傢伙……是認真的嗎？」

天道的眼眸開始迸射出危險的光芒，不知為何不看姬百合，而是看向我。

「我說的是任何東西，任選一樣想要的東西啊！對，沒錯，什麼都可以。龐大的金錢也可以！地位和名譽也不是例外！只要利用無法解讀的代碼，像你上次要求的讓人復活也做得到！然而，你卻想要那種東西？讓只會動跟說話的人偶顯現於現實世界？我不懂。實在難以理解，為什麼，為什麼啊！『這東西』就這麼重要嗎？」

「所以我不就說了嗎？」

我平靜地說道，然後毫不猶豫地大步走近天道，一把抓住他那領帶繫得一絲不苟的領口。

他都大放厥詞講了這麼多——不稍微反擊一下的話，那就太不划算了。

「你的敗因，就是沒辦法把這傢伙昇華為道具以上的存在。你錯看了這傢伙的價值。明明我就想得到春風希望『獲得解放』的可能性，你卻渾然未覺。因為這對你來說，是不可能的事情。不過，不管怎麼費唇舌說明，我想你應該不會明白。套一句你說過的話，我『喜歡』這傢伙是我的價值觀。一定跟你的完全不同。」

「……………唔。」

我微微增強手臂的力道後，天道就這樣慢慢地癱倒下來了。

儘管愚蠢卻立於頂端的現任君王（遊戲管理員），為了公主（春風）這個唯一且最大的弱點而下跪——諷刺的是，這幅情景正是重現了他自己寫在ROC序言結尾的部分內容。

我從天道身上收回視線，往祕書待命的門的方向走過去。在這之前，我朝不知為何臉頰暈紅的春風揮了一次手。

又不是今生永別了，這樣就足夠了吧。

「唔……」

對了。雖然也不是說要用這個代替，不過臨走前就丟個一句話吧。

「你可以把她當作一個人類相處一陣子看看。春風說不定還真的有辦法改變你的價值觀呢……就跟我一樣。」

Aa

尾聲

CROSS CONNECT

#

距離ＲＯＣ閉幕後，已經過了三個月。

我的日常生活還算是和平、寧靜且悠閒——然而馬上就要遭到破壞了。

「噯，阿凪！噯噯，阿凪！轉學生耶，聽說有轉學生要來嘍！」

「我知道啊……是說妳真吵。用不著特地在別人耳邊大叫吧。」

「因為阿凪在發呆嘛，反正你一定沒有在聽大家說話吧？」

「關妳屁事啊。而且我有在聽啊，轉學生的事情剛才山西已經告訴我了。」

「……那個，我叫做川西。」

「我聽川西說過了，沒問題。」

到處傳來輕笑聲。

不知道是因為之前的滑壘下跪很好笑，還是因為那雞婆的「兩人」付出了一番努力，我在班上的立場比以前好很多。

雖然我是這麼想的，但從那之後就開始來學校上課的瑠璃學姊——她以會與人目光接觸為由，總是維持在姬百合模式——還是嚴苛地評論我依舊是孤獨鬼啦孤高（笑）之類的，由於社交能力方面首屈一指的雪菜，似乎總是用跟父母一樣的微暖眼神在守護著我，所以，說不定真的是這樣。

「不知道會是什麼樣的人呢。噯，夕凪你覺得呢？推理看看嘛。」

「……喔～就那個吧，女的。」

「這個大家都知道啦。真是的，幾乎都沒在聽人家說話。」

「那我硬要猜男的。」

「搞不懂你在硬要什麼耶！咦，偽娘？阿凪其實是偽娘嗎？我都不知道……沒資格當青梅竹馬了。性轉換是怎麼做到的呢？」

「雪菜。」

「怎、怎麼了？我正在雅虎留言板寫東西，很忙的——」

「笨——蛋！」

「唔，什、什麼嘛，明明是阿凪還敢把我當笨蛋！」

不久前，根據突然出現的十六夜所說，暫時是不會舉辦地下遊戲了。只不過，這應該不表示天道白夜悔改了吧。他單純是忙於其他工作，沒有心力去推進地下遊戲而已。

實際上，似乎就預計下下個月要展開新的遊戲，老早就完成報名的十六夜，每天都傳ＬＩＮＥ叫我報名。

順帶一提，那傢伙非常愛用貼圖。

貼圖的種類可愛到我不禁胡亂猜想，或許他是跟六花使用同一支手機也說不定。

「好了——好了！大家快點回到座位上！早上的班會要開始了喔！」

「老師！聽說今天有大新聞對不對～！」

「對，有的，所以大家快點坐好～！嗯，很好！」

「是可愛的女孩子嗎！老師，我可以抱著期待嗎！」

「呵呵，這樣會讓轉學生不好意思進來啦，你們就拭目以待吧……雖然我是想這麼說啦～」

「嗯？」

「我偷偷告訴你們，她非常、非常非常可愛喔，既可愛又坦率，再加上柔美可人，讓我真切地覺得好想要那樣的女兒呢。」「老師，在那之前要先結——」「安靜。」「是。」

這麼說來，雖然是沒什麼關係的事情，不過斯費爾大廈裡的那個祕書小姐，好像就是那個冷血的圖書館員。前陣子，她為了幫天道白夜帶口信而來聯絡我，當時就把真實身分告訴我了。

我還聽她講了很多類似發牢騷的事情，不過回想起來，我記得的大概只有被分配到「勇者」角色的人覺得戲份太少而鬧情緒，結果在慶功宴上喝悶酒喝到爛醉。瑠璃學姊只因為柳橙汁和氣氛就醉了，而似乎是酒醉後就會哭的武器店老闆因為這樣而非常煩人，搞到最後，所有人都要祕書幫忙照顧。

我還沒說夠，有機會的話下次可以約在居酒屋。她說到這裡的時候，我就把電話掛斷了。

「……嗯～想逃避現實也到此為止了。」

數十秒後，我睜開眼，喃喃這麼說道。班會剛開始不久。站在台上的老師朝門口喊了聲：「可以進來了喔。」從這部分來看，應該可以說是最佳的時間點吧。

——我開始緊張了起來。

啊，沒有啦，不是那麼一回事。我才不是在期待……不對，就算是那又怎樣啊？可惡，我好不容易藉由想其他事情來分心了，但這一刻來臨時，我的心臟還是一口氣狂跳了起來。就算閉上眼睛、堵上耳朵，也無法平復下來。這是從內側燃燒起來的，沒有辦法補救。

——喀啦一聲，微微的聲響傳來。

教室前方的拉門被軌道卡住幾次，最終還是打開了。

登時間，彷彿驚嘆一般，又彷彿歡呼一般，總之這樣的喧譁聲響遍整間教室。

大家的視線前方，站著一名少女。

這個轉學生的嬌小身軀上穿著新制服，金色的長髮滑順地飛揚起來，臉上的純真笑容能擄獲住任何人的心——她就是春風。

沒錯，所謂的天道白夜的口信，還有他從事的大型工作，指的就是這件事，讓春風漂流至現實世界的企畫。我不知道實際上是怎麼做到的，就算問了八成也會被岔開話題吧，總之天道成功了。

不愧是擁有魔術師之名的天才集團、斯費爾幹部的一員。

「初、初次見面。耶嘿嘿，我叫做春——不對，呃，我叫做雲居春香。還請大家今後多多指教！」

春風用小碎步走到講台處，這麼說完後，就優雅地行了一禮。就在這時候，一股可能是類似負離子的甜香味在空中飄散，坐在前面的同學們全都遭到擊沉。

「呃——」

那雙充滿好奇心的大眼眸環視著整間教室。大概是深深感動於能夠用自己的身體來到學校，微微張開的嘴巴透露出春風的興奮。

她的視線轉到我這邊，停住了。

「哇、哇。」

緊接著，春風一邊發出不成話語的聲音，一邊一步步地踩著不穩的步伐往我靠近。金髮少女的異狀讓整間教室充滿了問號，幾道懷疑與我有關的視線朝我投射而來。

我帶著歉意、煩躁以及些許優越感承受這些視線。故事的主角就是這種心情嗎？在我如此理解的同時，超乎想像的感慨襲上心頭，我就這樣靜靜地等著春風走過來。

……等著……等著，嗯？

「雪菜小姐！」

「竟然是她啊啊啊！」

我忍不住抱著頭大叫道。唉，的確，真要說的話，主要在照顧春風的人是雪菜啊！跟我只有過兩次不完全的面對面而已啊！我到底是自顧自心跳加速個什麼勁啊！超丟臉的啦！

「呃，那個……？抱、抱歉，我們認識嗎？可是，我好像沒聽過春香這個名字……為什麼呢？這麼可愛的女孩子，我不可能記不住呀……嗯？不過，總覺得，這種柔柔的感覺，我好像知道，又好像不知道。唔唔？」

春風抱緊了雪菜，而雪菜則發出不知所措的聲音。這是當然的，從雪菜的角度來看，她跟春風完全是初次見面。即使受到單方面的親近，也回想不起來那些回憶。

只是，雪菜是交流專家。

「哎呀，不過──妳這麼可愛，我就原諒妳吧！」

雪菜來回撫摸著春風的頭，春風原本就很幸福的表情又更加地陶然放鬆了。那可愛的模樣，這次換教室後方的同學們全都擺出仰天的姿勢。金髮美少女轉學生的衝擊性已經很強了，春風臉上豐富多彩的表情更是牢牢地抓住了人心。

然後……那舒服地瞇起來的眼眸，不經意地和我對上了。

「「啊。」」

我們彼此都發出呆愣的聲音……不，先別責備我。我可是學姊口中的「孤獨鬼」耶。我完全不習慣應付這種事情，不知道該怎麼辦才好。

因此，或許也不是這樣，但先行動的是春風。

她慢慢放開雪菜的身體，左手用力握起並放在胸前，剩下的右手則緩緩朝我伸過來。沒有被擊沉的同學們都一臉疑惑地關注著她的舉動。雪菜也微微歪起頭，朝我看了過來。

眾目睽睽之下，我雖然感到很害羞──但也不能因此不回應。

「來。」

所以，我伸出左手碰觸春風的手。她的手很小，感覺一握就能將整隻手包覆起來，但我沒這麼做。雙方伸出同一邊的手，叫做「握手」，如果是不同邊的手，就是一般的「牽手」吧？這是春風期望的事情之一。

「啊——」

我沒辦法再繼續注視春風那張盛綻的笑靨，於是稍微移開了視線。然後一副使命達成的模樣想分開彼此的身體，但事情不會那麼稱心如意。

因為我的左手被春風給緊握住了。而且是所謂的十指交纏。

教室響起此起彼落的驚呼聲。

「……耶嘿嘿。終於，終於，真正地見面了。我很高興，夕凪先生。」

「嗯，是啊……話說，我想跟妳打個商量，可以先放開手嗎？」

「我不要。」

「竟然不要啊？」

「我才不要……我已經決定好了。我是好不容易才來到這個世界。是夕凪先生將我拉出來的——耶嘿嘿。所以，我決定要比以前還要任性一點。想要的東西就不會放手。我想永遠跟你在一起，所以我會一直珍惜地握著。

這樣——應該可以吧？」

此時浮現於春風臉上的，老實說，我分不出是不安的表情，還是滿面的笑容。

因為，我的害羞程度已經達到了臨界點，胸口深處變得太過燥熱，春風之前說過的「驚喜＝幸福」的論點，我直到現在才舉雙手贊同——簡單來說，我非常在意正在冒汗的左手。

後記

CROSS CONNECT

初次見面，我是久追遥希。

讀音是「Kuou Haruki」……這名字會讓人不知道該怎麼唸吧，很抱歉。這是很久之前取的筆名，希望大家能用溫情的目光來看待。

那麼——

這次誠心感謝各位購買我的出道作品《交叉連結1　與電腦神姬春風的互換身體完全遊戲攻略》！

各位覺得如何呢……？我算是滿膽小的，所以真的很緊張。這部作品至今為止都只有給朋友看過，結果突然之間就要擴展到全國，我冷靜地思考，卻沒辦法保持冷靜。總覺得文章開始變得沒有條理了。我就是混亂到了這種程度。

儘管如此，這是現在的我傾盡全力寫出來的作品，希望大家能夠從中獲得樂趣。

回想起來，我第一次寫小說是距今十一年前的事情。如果限定於輕小說的話，大約是九年前左右。從那之後，我開始投稿參加新人獎，也有稍微脫離寫作的時期，但最後還是回來繼續寫，而大概從前年起，我就只專心投稿給ＭＦ……然後走到了現在。

不過就像這樣，是相當漫長的長期戰，所以當我接到得獎的通知時，比起喜悅，我倒是先懷疑起對方的精神狀態了（超失禮）。哎呀，畢竟在小學的畢業文集中，我寫下的將來的夢想可是「小說家」喔！當然不可能輕易地相信呀。我還發呆了一陣子。之後整個人都快要昏厥過去了。

只不過，這還不是終點，而是起跑點。現在才要開始。難得能夠像這樣被拉上公開的舞台，尚不成熟的我，也會拚盡全力好好努力的。

最後是謝辭。

ＭＦ文庫Ｊ編輯部的各位，非常感謝大家頒給當初不盡完善的本作這樣的殊榮。插圖家konomi（きのこのみ）老師，我作夢也沒想到您竟然願意負責我的作品的插圖。我現在還感覺像是在作夢一樣。最喜歡您了。

除此之外，在書籍出版之際承蒙關照的許多人士，還有支持我寫作的家人及各位朋友，然後請容我再重複一次，購買這本書的讀者們，我要向所有人致上最大的感謝。真的、真的很感謝大家。

那麼，篇幅也所剩不多了，這次就寫到這裡。

我衷心祈禱能夠與大家一起長久地走下去。

久追遥希

交叉連結
與電腦神姬
春風的
互換身體完全遊戲攻略
我是きのこのみ的
Konomi。
這是久違的
輕小說
插圖工作，
我卯足幹勁
繪製了插圖喔!!
希望夕凪等人
可以一直受到
大家的喜愛
特別感謝
久追遙希老師
責編大人
minori／結城辰也大人
and you！
非常感謝!!
konomi(きのこのみ)

國家圖書館出版品預行編目資料

交叉連結. 1：與電腦神姬春風的互換身體完全遊戲攻略 / 久追遥希作 ; Linca譯. -- 初版. -- 臺北市 : 臺灣角川, 2018.11

面； 公分

譯自 :クロス・コネクト. 1：あるいは垂水夕凪の入れ替わり完全ゲーム攻略

ISBN 978-957-564-541-0(平裝)

861.57 107016077

Kadokawa Fantastic Novels

交叉連結 1
與電腦神姬春風的互換身體完全遊戲攻略

（原著名：クロス・コネクト１あるいは垂水夕凪の入れ替わり完全ゲーム攻略）

２０１８年11月21日　初版第１刷發行

作　者：久追遥希
插　畫：konomi（きのこのみ）
譯　者：Linca

發 行 人：岩崎剛人
總 經 理：楊淑媄
資深總監：許嘉鴻
總 編 輯：蔡佩芬
編　　輯：黃怡珮
美術設計：莊捷寧
印　　務：李明修（主任）、黎宇凡、潘尚琪

發 行 所：台灣角川股份有限公司
地　　址：１０５台北市光復北路11巷44號５樓
電　　話：（02）2747-2433
傳　　真：（02）2747-2558
網　　址：http://www.kadokawa.com.tw
劃撥帳戶：台灣角川股份有限公司
劃撥帳號：19487412
法律顧問：有澤法律事務所
製　　版：巨茂科技印刷有限公司
ＩＳＢＮ：978-957-564-541-0
香港代理：香港角川有限公司
地　　址：香港新界葵涌興芳路223號
　　　　　新都會廣場第2座17樓 1701-02A室
電　　話：（852）3653-2888